国家出版基金项目
NATIONAL PUBLICATION FOUNDATION

这里是新疆丛书

大盘鸡正传

方如果 ◎ 著

新疆文化出版社

图书在版编目（CIP）数据

大盘鸡正传 / 方如果著. — 乌鲁木齐：新疆文化
出版社，2024.6
（这里是新疆丛书）
ISBN 978-7-5694-4322-6

Ⅰ.①大… Ⅱ.①方… Ⅲ.①散文集－中国－当代
Ⅳ.①I267

中国国家版本馆CIP数据核字（2024）第014774号

大盘鸡正传

DA PAN JI ZHENG ZHUAN

著　者 / 方如果
封面剪纸 / 罗　罗

出品人　沈　岩　　　　　　　责任印制　刘伟煜
策　划　王　族　王　荣　　　装帧设计　李瑞芳
责任编辑　王永民　　　　　　版式制作　田军辉

出版发行　新疆文化出版社有限责任公司
地　　址　乌鲁木齐市沙依巴克区克拉玛依西街1100号（邮编：830091）
印　　刷　永清县晔盛亚胶印有限公司
开　　本　787 mm×1 092 mm　1/16
印　　张　12.25
字　　数　157千字
版　　次　2024年6月第1版
印　　次　2025年1月第2次印刷
书　　号　ISBN 978-7-5694-4322-6
定　　价　37.00元

文字的味道

　　《大盘鸡正传》是一篇大美文,洋洋十万字写一个鸡,从大盘鸡的创始,写到天下古今食事。一只鸡道出的人文故事竟如此悠长有趣。这是方如果的第一部长篇文章,元气之作。方如果是一位有多年文学积淀的作家,文字在他胸中保持着原初的气息。这样的作家,碰到什么题材,都会迫不及待地献出自己的珍贵元气。

　　写作题材的选择有时也是一种机遇,方如果运气不好,第一个长篇选择上了写大盘鸡。这样的才情耗费在一只鸡上,我都为他的文字惋惜。可是,一个作家的满腔文字,耗费在什么东西上才不惋惜呢? 写一只鸡和写一个人一个时代又有什么不同呢。我向来认为,大作家是在最小事物上发现最多意义的人。方如果显然还不知名，但他在一只鸡上品出的滋味之细之多之津津有味，已经让人刮目。

方如果是我弟弟，早年在村里上学时，我们兄弟三个一起写小说，方如果写得最好，其次是我大哥，后面是我。毕业后方如果到法院工作，改写判决书，我大哥忙于种地，反正都不写文学了，自然轮到我写得最好。我大哥当了多年农民，地没种好，不种地了，去年喝好酒写了一篇论酒的文章，依然文采飞扬。方如果一直当法官，据说判决书写得非常好，我没看过。近两年他断断续续写了不少散文，去年《散文》杂志约稿，我推荐了方如果的几篇，编辑看了很激动，来电话要他的联系方式。得知方如果是我弟弟后，编辑说，你弟弟的散文写得比我好。我听了也没生气。

这些年有好多地方在争大盘鸡发源地，争得鸡毛乱飞。我想，一个事物出在这里而没有出在那里，肯定是有原因的。大盘鸡出在沙湾，算是出对地方了。它若出在别处肯定是另一道菜了，也不会叫大盘鸡。即便叫了大盘鸡，也不会有《大盘鸡正传》。别处也有鸡，也有很会炒鸡的人，但没有能为鸡写这样一本书的人。这样的人不容易出来。民间的一个炖猪肘子，人们开始养猪的时候应该就有这道菜了，但没有名，直到苏东坡品了变成东坡肘子，被人美美地吃到今天。

吃是一种文化，嘴咀嚼的时候脑子也在品尝，所以名吃背后都有名堂。大盘鸡的名堂在哪里？在《大盘鸡正传》里。有了大盘鸡正传，大盘鸡就不一样了，它成了一道有来头有名堂的菜，大盘鸡从此多了一剂文化味料。

这就是我家乡沙湾的美食和美文，与大家共享。

刘亮程
2008年6月

目 录

第一辑

大器和合之食

沙 湾 记 忆

　　沙湾立县百年,20世纪90年代,叫这个地方名噪一时的,有两件事情,一件是大盘鸡走红全国,一件是作家刘亮程成名。

　　一个人,一只鸡。一样成为中国20世纪最后的文学景观,至今令无数人津津啜食;一样满足了人们的口腹之欲,别有风味。人是土人,鸡是土鸡,都带着浓浓的乡土味道。而对于沙湾,仿佛两张会自己行走的招牌,在二十几年的时间里,让本不为外界所知的沙湾之名,在海内外人们的脑际留下几多神秘和惊喜。他们从两种层面呈现的沙湾是完整的。他们从沙湾分手出去,又一次次地在四域异乡汇合。每一次当遥远他乡的客人以这两样事物探听沙湾,我就感觉自己作为一个沙湾人是有福的。

这里不说人，且说鸡。

我刚工作的时候是1987年，拿一个月九十七块钱的工资。有同学来，不亦乐乎，下馆子七八块钱炒一盘辣子鸡，一两块钱一瓶白酒，就对付了。沙湾人吃鸡成习性。农村家家养一群鸡，平日下蛋打鸣，来客了或是想吃了就抓一只来。我小的时候有些抓鸡的本事。家里来亲戚，大人要表示敬重，会大声使唤娃儿们到院子里指给一只鸡叫去抓。我们自然欢天喜地，这可是真正的老鹰捉小鸡游戏。一阵围追堵截，院子里鸡飞狗跳，客人在屋里听着感觉就不一样。农村人欢迎贵客的仪式就是从抓鸡开始的，动静越大越好，抓的时间也要长些才好。后来工作了，上面来领导，每次单位组织大家又是列队又是鼓掌，我都要想起小时候抓鸡的事来。鸡被追得太过兴奋就跑不动了，这时候趁热宰了，鸡血旺，流得干净，肉就鲜，门前菜园子摘几只辣子一炒，既可以下酒，又可以拌拉条子。那时候城里人到农村去，冬天爱吃个酸白菜炖大肉，夏秋想吃的就这一口了。

我的印象中，第一次吃大盘鸡是1989年。那时候在县城西边老商业局附近，有一家叫"满朋阁"的餐馆，鸡炒得很有味儿，是用整只鸡大块炒，盛在直径一尺多的搪瓷盘里端上来，油辣鲜麻，一盘卖十三块钱吧，吃的人很多。店家忙不过来，常常是客人等着急了，自己动手拾掇前一拨人吃剩的残桌。当时听人说，起先店家把菜谱写在一块小黑板上，叫"辣子炒鸡"，也是用普通的盘子，因为好吃，有人每次来都点两三份，久之店家嫌麻烦，就用醒面的搪瓷大盘子上桌，其他的客人看着过瘾，对店家说："我们也要一大盘子鸡。"这个"一大盘子鸡"，传为"大盘鸡"，就叫开了。

给我印象最深的是到了1991年，我的月薪拿到一百六十多块，拿出一百块，三五个朋友轮流请客，一周也能吃个三顿五顿的。那时候在沙湾，凡说请客，就是去吃大盘鸡。感觉那时候的大盘鸡比现在的麻许多也辣许多。沙湾人本不是全爱吃巨辣的食物,可辣和麻一经交合,口感立变,不仅人能忍受了,还促人上瘾,老想那个味。

好像是突然之间,县城一下子冒出来那么多饭馆,全做大盘鸡。饭馆大都开在穿城而过的312国道两旁,以前路边是住家的、工厂的、学校的房子,好多都开窗子扒门做起了大盘鸡的营生。那时候还不兴挂大牌子,有的拿白石灰在土墙上写"大盘鸡"三个字,有的在门前林带的树上随便钉一块木牌牌,有的在凉棚上直接挂一只鸡,有的就直接把关着活鸡的铁丝笼子放在架子上摆到公路边,看见的人都懂。一到中午,各家馆子门前拉出一溜八仙桌,凉棚下面的场地不够就摆在林带里。公路穿过县城一公里,吃鸡的队伍就有一公里长。那些年,人刚刚有了些钱,吃肉的欲望像潮水。遇上这样的美食,全民吃鸡,盛况引来无数过路人。

最先闻香寻味的外地人,是过往跑长途车的司机。这些人口味刁钻古怪,难以伺候,但那些年一个个像是灌了迷魂药,每到中午和晚上,县城里不宽的公路两边车停得恨不得摞起来。店家听到门前有刹车的声音,不问是谁,先对后堂喊一声——"炒鸡!"

尺半阔、寸半深的盘子,红肉绿菜显山露水一个岗尖儿。吱嘎嘎停车走过来的大车司机,两个人吃一整盘,外加三四个皮带面,拌进红辣浓郁的鸡汤汁里呼啦啦吃个精光。平日里嗲声细语挑肥拣瘦的大姑娘,三四个人凑一桌,也是风卷残云盘底朝天。初来北方的人,在一旁看得惊讶,不知道是这里的人人粗肚大,还是那一盘东西好吃,回头也要一盘,直吃得汗流下地腹唇朝天,扯块餐巾纸把满腮红油一抹,只说两个字:好吃。

好吃的东西自己长着腿。从那时候起,这一盘从沙湾县城不起眼的路边小店做出来的饭食,一路沿着黑油油的312国道公路出去,先是红透了首府乌鲁木齐,然后有的上高速直奔东南沿海,有的下省道串乡进县。在南北疆,客人到一个地方找馆子吃饭,首先看到的是路边烟熏人叫的烤肉摊,再看门头招牌,八成写着大盘鸡。前些年有回来的人说,在东南亚和美国、加拿大的华人区里,就挂着大盘鸡的招牌。2005年时我在网上看见过一篇报道,标题就是《新疆大盘鸡一年卖出二十亿》。另有一篇,说现今在全国,乡村未统计不敢说,但凡县城,看不见大盘鸡招牌的,肯定已经找不到了。

谁家媳妇巧手工

古人讲"秀色可餐",拿美人与美食比,是真性情。其实反着过来,拿美食以美人比,烹一道菜如怜惜一位美女,则此菜必精洁,也不失为美食研进之道。

我一直认为,人的每一种感官都能够审美。一种感官,会对应人类的一种艺术形式。比如,耳朵的听觉,通向了音乐;眼睛的视觉,通向了绘画艺术;肢体的动感,通向了舞蹈和体育;而文学艺术,包含了这些全部直觉,也包含了我们意识当中一些未知的感知。这当中,我们似乎有意把味觉、嗅觉当做动物性的辨认食物的本能对待,这可能源于我们对自己和世界的过于自我。人与世界打交道,最早最直接的是通过食物,通过味觉。味觉决定这个世界的什么物质可以进入人的身体。美食进入我们的体内,成为人生命的组成部分,人与世界发生能量交换,也与世界产生无穷联系。仅这一点,食物就肯定不会那么简单。

人把美食带入文化层面,是比较晚的了,对美食能不能进入艺术殿堂,更是一直遮遮掩掩。

事实上,中国人对食物的审美几乎与文明启蒙同时发生。汉字的"美",首先来源于食物味道,造字结构从"羊"从"大",寓意"肥羊的味道即为美"。这是中国人最原始的审美度量衡。中国文化里的"美"由食物产生,其他意义的美,经由美食逐渐衍生。这个古老的认知理念,还导致了古代中国一个社会现象:厨师里面出宰相、出名士。比如春秋末年吴国的太和公,战国时期齐国的易牙,商国的宰相伊尹等,都首先是厨师从业者。伊尹是商朝的一位名厨,有"烹调之圣"的美称,他眼见商朝国政一天天混乱,为了接近商汤王,说一说自己的治国之策,就抱了一块砧板来到王宫,烧制了一味大雁羹、一味鱼肉酱献给商汤,因而得以有机会与商汤品味交谈。而这个商汤,确实是一位懂汤的高手。这次谈话,伊尹以烧汤的调和之术来讲述治国之道,令商汤大开眼界,就任命他做了国家宰相。

这里还有一位需要说到,就是屈原在《天问》里叙说的"彭铿斟雉帝何飨"的那个彭铿。彭铿是中国上古传说里帝尧时代的厨师,烹制的野鸡羹味道鲜美,深得帝尧欢心,受封建立大彭氏国。这个后来被奉为"华夏第一厨师"的人,是炖鸡成就功名的。这一点不可小看。古人说"治大国若烹小鲜",是说治理好一个大国的不易,也是说烹饪好一味小吃的不易。

美食掩藏天道,也表达人爱。美食有自己的逻辑,从形态到内质都纤毫毕现地表达着制作者对生活的感觉和把握。用心做一道菜,是在呈现做菜的人对美食的向往、理解、尊重。好的厨师有责任遵循食材的口味、形色、本质,使其味道香色得以淋漓尽致地发挥。

吃大盘鸡的时候,有时我会想,大盘鸡是在表达什么呢?

是在表达制作人的什么呢？

是在表达生长出它的地方的什么呢？

大盘鸡看上去没有讲究，不讲究上色调味，如同一个女子不讲究浓妆艳抹。有人说，女人重施粉黛，是不够自信，设法增加诱人眼球的色度，穿花衣服，则是扩大诱人的面积。一个女子不要这些，就必然有另一些可以自恃的东西。古人讲"曾识姮娥真体态，素面原无粉黛"，古人还讲"若把西湖比西子，浓妆淡抹总相宜"。史学家谈到中国古代绝世美女王昭君，也是"淡淡妆，自然样儿"。

大盘鸡的菜料或是形色，就都留着这种"自然样儿"。这也是大多数新疆菜式的风格。但新疆菜是比不得美女的。鲜香滑嫩是粤菜，可比纤纤越女；麻辣急烫是川菜，可比火辣辣的川妹子。新疆菜比什么呢？大快朵颐的手抓肉，快意恩仇的烤肉串，形旷神迷的大盘鸡，无一不跳动着生猛豪迈和痛快淋漓的旷野气血，比一个女子怎么合适呢？只有比作男子，且是放达粗犷的西部男子了。

新疆菜式首要的映象是简单。但这种简单是简直朴实的简单，是大气笼罩下的简约无华，是精心烹制过的率直袒露，而绝不是寡淡无味的简单。在人们生活日益走向精致的今天，点一道鲜香浓郁原汁原味的大盘鸡，体会一下狂放不羁、透彻心脾的新疆宴，不失为一种很好的精神跨界和放松。

那几年大盘鸡红透乌鲁木齐的时候，我在电视上看新疆广播电视台的记者随机采访食客，问了六七个人大盘鸡为什么好吃，有的回答说又香又便宜，有的说味道刺激上瘾，有的说菜实在味地道，是老百姓的大餐。记得其中有一位受采访的小伙子极可爱，记者问他为什么好吃，他嘴里嚼着鸡爪看也不看就说：好吃。记者追问为什么好吃，他又来一句：就是好吃。

一次，一位熟悉的作家路过沙湾，吃着大盘鸡的时候忽然停下问我，怎么用几句话概括大盘鸡。他知道我正在研究新疆的几种风味美食才这样问。这是一个很难的问题，无论怎样你都只能选择一个片面来作答。对着面前狼藉的饭菜，我开玩笑说，人在吃饱的时候谈论美食是没有味道的，我只能就菜论菜，给你一个无趣的回答：

"合于物性的调料和地道的厨艺发挥了鸡肉的至味；鸡肉和土豆煨出了汤汁的美味；汤汁反哺了土豆的独味，又浸润令普通的面片嚼出奇异的香味。"

这是一盘真正的大盘鸡所能达到的。这种食料之间相互微妙的影响和良性循环，也是与其他饮馔相比大盘鸡所体现最多的。

在大盘鸡初创的时候，我曾细品大盘鸡，自认为了解了一些初创者精义，概为"五取"：

其一取完整。整只鸡大块菜；干辣椒、花椒原颗原粒；青辣椒、洋芋一剖为二；姜整片、葱整段、蒜整瓣，迎合人们求完美求完善的心态愿景。

其二取本味。虽是肉菜杂烩，但成菜以后鸡是鸡味，辣是辣味，洋芋是洋芋味，各味之间相辅相携而不欺不没，使各自保有本色，又有相遇相知的惊艳。

其三取和合。一只鸡分解了，但一锅炒一盘装，还是一只鸡，形散魂聚，符合国人分合张弛之道。

其四取调和。鸡肉与配菜互为补充。出味入味，兴利除弊，充分保留了新疆菜本色本味的风格，也体现了和合并存的特色。主菜与配菜之间、配菜与配菜之间利害互补，谁也离不开谁的精髓，突破了原新疆菜式以肉为主、依肉炮制的制法，应是对新疆菜系的一大贡献。

其五乃各取所好。一大盘端来，鸡身各部位俱全，各人按喜好自取。菜有辣有平有淡，面可轻拌可重拌，各主自便。

这似乎是只有大盘鸡所能做到的。可是我知道，这些皱巴巴的说教并没有几个人爱听，即便写上一本书，也并不会比我老家的农家媳妇随口说唱一段大盘鸡的口歌来得精彩。

一只鸡，十八刀

刀刀均匀一个样

六刀短，六刀长

六刀剁在骨头上

三十六块连骨肉

油锅一炒焦焦黄

花椒胡椒姜皮子

安集海的红辣子

元兴宫的葱段子

最美美不过

博尔通古的洋芋蛋蛋子

切成四个块块子

放进炖鸡的汤汤子

再和一个面团子

搓成一盘面剂子

抻成一根面片子

下上一盘然窝子

馋得你直流哈喇子

这又是新疆人的直接和不长心眼，给客人吃鸡还搭上秘方。但从这个口诀，我明白了大盘鸡真的可以有很多解读，一个家庭主妇有自己的解读,不同的食客有各不相同的认识,而每一个厨师还会有他们不同的想法。一个大盘鸡的故事就是一次解读。而大盘鸡是那种装满故事又不断制造故事的美食。

调和鼎鼐

人口有五味，这和地域是有关系的。北京人会总结，说南甜北咸东辣西酸，有他的道理。但是新疆人不同意，说东边哪有敢吃辣子的，不光不吃辣，别的味儿也没有，认为西部人才是吃辣、品味的好手。其实说起味道，大家都犯同一个毛病，就是以自己的口味品别人的喜好。

地理对人群体口味的影响当然是明显的。黄土高原地旱碱重，以酸中和；西南盆地阴湿多瘴气，以辣祛湿；东南沿海水产盐大，以清淡饭食调理。

生活中，即便同一个地方，甚至同一个家庭里，人们饮食上的差异也是会有的。这种存在于意识方面的影响力，已经超越了客观环境对人们饮食选择的影响。

按中国人的传统，一道菜肴所体现的，有烹饪文化，有饮食文化。而烹饪文化,是要跟从于饮食思想的。在古代,面对吃什么和怎么吃,有个立场问题。阴阳家和医家讲究的是阴阳平衡,"四气""五味"不失偏颇;法家讲究的是饮食去奢侈,崇尚节俭;墨家讲究的是饮食"饱者去余""损而不害",以适宜为度;儒家则讲究满足人的"大欲",通过饮食制度化、礼仪化和对烹饪的规范来实现"礼"的要求,其中最惊人的,是孔子"以酒制礼",拿酒开启了儒家文化的千秋基业;道家则讲究饮食之道"法自然",养生服食尊崇与自然和谐不违;杂家则讲究通过烹调求得"至味"。

众口难调,这是人人知道的。而一道能叫人们普遍接受又不失风格的佳肴,向来求之不得。大盘鸡有大容之器,所容者,亦显大性大理。此一理性,便是"致和"。

而大盘鸡真正调了众口的,不在锅里,而在锅外。

大盘鸡能够很快风行于新疆,风行于全国,不光调了一菜美味出来,还调了一地文化进去。这个地是新疆。

新疆是一个传统的多民族居住地,还是人类最早的"地球村"。文化泰斗季羡林先生说,新疆是人类历史上四大文明唯一交汇的地方。学术界有这个认同,新疆的考古也证实了这一点。

知道这一点有多厉害吗?它等于在一两千年的时间里,历史选择新疆为人类共同命运垦殖了一块试验田。由此不难想象新疆保留和隐藏了多少文化密码。

按照人口数量,现在新疆人口最多的五个民族是:维吾尔族、汉族、哈萨克族、蒙古族、回族。新疆存在一个奇特的现象,就是各民族民间文化互通。你到一个新疆人家里去,尤其在北疆,有时候你可能没有办法一下子从这一家人说的语言、穿的服装、吃的饭菜、装饰摆设等判断出他们是什么民族的。在新疆的塔城一带,这个现象更加普遍。"新疆人"意识物化在生活细节里,并且产生了全新审美力量。

了解大盘鸡的创始过程,你会为这个力量背景惊讶。

先说盘子。装大盘鸡用的大盘子,是地道的新疆维吾尔族人家用来醒面的搪瓷盘子。大盘鸡创始的时候,并没有任何餐具上的准备,店家也确实是顺手用了这样一个醒面的盘子装了第一盘大盘鸡,从此成为这个美食的显著符号。大盘鸡的标配是皮带面,而这个面,不是新疆常见的拉面,也不是挂面、擀面,而是新疆哈萨克族人、蒙古族人传统的用来配清炖肉的皮带面,是用手大片"揪"出来的。大盘鸡是新疆的汉族厨师用中餐的烹饪方法创始的,但又是新疆广大回族厨师率先融入回餐的烹制和行销体会,推广到全国各地,从而大火起来的。

美食是文化习俗的细节表达。一种菜品里面,包含某一个民族的风尚,不足为奇。但是,在一盘菜品里面,融进了新疆多个民族的文化、情感,你就不能不对一盘之上一地文化的能动性产生思考。

古人讲"天地之美,莫大于和"。"和"字从"禾"从"口",而"美"字从"羊"从"大"。古人以吃为美,与孔子"以酒制礼",如出一辙。

几个山西人初到沙湾,慕名吃大盘鸡,坐定后问醋壶呢,到处找。大盘鸡不配醋,所以餐桌上不摆醋壶。店家殷勤,自后堂倒了半碗醋端上。回头添茶时,见碗已见底,还说每人只吃了三勺,太小气了。店家知道遇见地道的山西人了,就切一盘酸菜先上去。这是大盘鸡的配菜,除腻,各地人都爱就着吃。

当地老食客的口味,店家一般都暗暗记着,在用料时略有微调。遇着不认识的,就听口音。江浙一带的客人,炒鸡肉时加重糖色,如红烧大肉一般,就受欢迎,南方口音的人,盐也是要少放的;来了两湖、四川的食客,辣一些麻一些就喜欢;河北、山东人口重,盐不能少,若配以咸菜炒,一般下次还来……有一位网民给大盘鸡的推广出主意,建议大盘鸡到东南省份盘子得改小一号，鸡块再改改刀，土豆换成山药，辣椒尽量少放，"皮带面"也要从"马肚带型"改成"小姐腰带型"。这虽是个玩笑话，里面也还是有它的道理的。

近代沙湾人来自天南地北，人杂，口味也杂。各省人带来了各自的口味，也都经常能品尝到其他地方的美食味道。大盘鸡该是融合了四方口味的一道食物了。鸡是各地人都可接受的肉类，不像羊肉、猪肉，总有人排斥。肉着糖色，近南方人习惯；汤汁麻辣多油，北方人都喜欢。在用菜上，也一样兼顾了各方嗜好，西北的洋芋，东北的大葱，西南的辣椒，由一只鸡号令天下，各领风骚，归于至味。如此一盘，果然大有乾坤。

大盘鸡中的配菜用料，不是随意凑起，而是围绕鸡肉的性理，精心搭配，各尽物性，互有补益。就其味而言，麻与辣都各显尖锐刺激，但麻辣一经交合，口感便不一样，而且促人对所调之食物上瘾。人都说吃大盘鸡、火锅之类上瘾，原因就在这里。

从营养学上讲，大盘鸡之中，动物蛋白、脂肪和植物蛋白、脂肪，以及维生素等主要营养成分是齐备的。鸡肉给人解馋，多食也会致人肥胖。而辣椒、大葱均有助消化、增食欲、提高人体新陈代谢的功能，尤其是辣椒素，可以帮助人把体内多余脂肪烧掉，具有减肥功效。这是日本专家研究发现的，日本年轻女性都信，每人手袋里除了化妆品就装一袋辣椒粉，想吃就吃。

食物微妙连接民族性格

晋朝大学问家张华在《博物志》里曾经说过："东南之人食水产，西北之人食陆畜。食水产者，龟蛤螺蚌为珍味，不觉其腥臊也。"

就是说，在一个地方，人们因为由来已久的地理条件、经济状况和饭食习惯的影响，会形成自成一俗的审美倾向，久之产生饮食差异，进而形成了今天不同地方各有特色的风味餐饮。值得提醒的是，美食的标准与每个人的口味是直接关联的。一个地方的美味食物，当地人或许吃了上顿想下顿，外地人初一品尝，可能也会觉着有味道，但若叫他天天来吃，他就会生病。

以前的甘肃人爱说一句话，"三天不吃米和面，心里就干纠干纠的"。"米和面"是一种类似于酸汤面条和大米稀饭搅在一起煮成的饭食,我至今不知道它好吃的味道在哪里。甘肃倒是有一种叫"浆水面"的,用半罐子水加进白菜叶子沤十几天,直到发泡泛出馊味来,取里面的浆水制汤,浇入擀面条吃,夏天吃一碗,立时感觉通透清爽。外人初吃这种饭需要有极大的勇气,但吃久了即会上瘾。

十几年前,因为一起破产案件,单位上叫我去招待来自全国各地的几十个厂家代表,其中有一部分人是来自南方的工厂。当时县城有一家回族人开的饭馆叫"青山誉",拌面做得有些名气,我自己经常去吃,也就很自豪地介绍给了客人们。没想到饭端上来以后,来自南方工厂的很多人只动了几下筷子就坐着喝茶了,一问,说是太难吃,有膻味。我回来马上给别人说这件事,笑话南方人不会吃东西。后来我知道错在我少见多怪。这正如欧阳修在《归田录》中所说的:"饭食四方异宜,而名号亦随时俗言语不同。"他很早就在提醒人们注意这种差异了,不能以自己的口味为标准,说别人不会做,不会吃。

人的口味的形成,是一种文化结果。而一地美食的选择或者创制,又是一地口味的结果。

在人类漫长的历史时期,生活在不同区域的先民们,选择了各自适于饲养的动物。而这些家畜与人,在几千年甚至几万年的伴生进化当中,受着同一种地理、气候、食物环境影响。我体会好多年,发现居住于新疆的几个民族,各有自己喜爱和习惯于饲养的牲畜,而在体格特征和脾性方面,竟然也有惊人的一些相似。

不仅这些,我还发现不同民族或者不同地域人们的服饰特征、舞蹈动作、音乐器具等文化传统,无不与其所生息环境中的一样自然事物产生投射。相信人类学者将来会对这些现象作为课题给予系统研究。

统看大盘鸡菜式,兼有新疆当地民间菜、西北传统菜和改进了的川菜"三元合一"的基本格调,古朴粗犷,色味浓郁,风味特色十分突出。大盘鸡自多民族杂居的地域条件下产生，以不同民族家常自有的菜料依物性天然搭配而臻于至味，已难能可贵，而其中深藏的愿求和厚重的底蕴，则引人深思。

欲解此义，须对新疆及其大背景中的沙湾历史有所认识。

我们很早就知道，世界上的文明古国，主要分布在亚欧大陆。古亚欧大陆的西方以罗马为代表，崇尚黄金，形成黄金文化传统圈；东方，以古代中国为代表，崇尚玉，形成玉文化传统圈。这两个文化圈，以前人们只探讨过它们覆盖的范围，却没有想过，这两个文化圈有边界，而且存在边界的重合与奇异提示。

史学家认为，贯通欧亚世界的丝绸之路出现之前，已经有了一条西方通往中亚的黄金之路。黄金之路出现的远古时代，东方同样出现了一条通往西方的玉石之路。东方人和西方人为获取各自喜爱的黄金、玉石，相遇在西域某个区域，然后才相互发现，出现了最早的东西方文明的相遇和联系。

我们还知道一个常识，天山山脉东西总长约2500千米，在远古时代，是东西方人群迁徙的路标和走廊。天山是一条世界级黄金成矿带，已经发现了众多大型金矿。但是，在整个天山区域，只有主要分布于沙湾境内的依连哈比尔尕山一处出产玉石，即天山碧玉。而同时，依连哈比尔尕山段的玛纳斯河、金沟河、白杨河等又是历史上著名的黄金开采地。这样，依连哈比尔尕山就成了天山唯一同时产金出玉的山脉，沙湾境界的玛纳斯河、白杨河、安集海河就成了同时产金出玉的河流。

也是因为这个独特的缘故，沙湾在历史上被称为"金帮玉底"。清代《新疆图说》介绍："奇喇图鲁山，在绥来县城南一百八十里，金版（帮）玉底。"

以前新疆人把河岸、渠岸叫做"河帮子""渠帮子"，而人们在玛纳斯河、白杨河、安集海河河岸挖洞采淘黄金，在河底采拾碧玉，对沙湾地界就有了"金帮玉底"这样一个美妙的形象概念。

想必这时候我们能够明白了，沙湾这个地方，无论在地理境界上还是文化视野上就是世界上那个神秘的黄金文化圈和玉文化圈的交汇之地。

这其中，天山标志性的同时产金出玉的河流是玛纳斯河，也是北疆最大的内流河。

玛纳斯河，在历史上就极为著名。

玛纳斯，唐代曾名白杨河、曳旺河、移德建河，清代称为龙骨河、清水河。在《元史》中，第一次出现了"马纳思河"这个称谓。玛纳斯河在久远的年代里，事实上也承担起了西域农耕文化与草原文化的最后分水岭的角色，现在我们知道，它又是东西方文化的交汇交融地带。

随着对西域两千多年历史的深入了解，我们不难看到，历史上中国几次与强大对手的最终较量都发生在玛纳斯河西岸，而每一次，国家维护疆土的使命都会在此一举实现。

乾隆皇帝一生自诩有十大武功，在其御制《十全记》中，平定准噶尔列为最高成就，为此专门延请欧洲著名画师绘制《乾隆平定准部回部战图》铜版画十六幅（此图保存在故宫博物院），其中第四幅《和落霍澌之捷》描述的就是玛纳斯河战役。这是乾隆二十三年（1758年）西征平定准噶尔的首战，清军大获全胜，自此，历经康熙、雍正、乾隆三朝的与准噶尔的决战拉开序幕，并一举收复新疆。

因当时战场在依连哈比尔尕山麓玛纳斯河山口一带，乾隆皇帝得知依连哈比尔尕山自古以来受草原民族神圣祭祀，此次远征，在这里首战大捷，无一伤亡，堪称战史上的奇迹，敕令将依连哈比尔尕山列为清朝国家山川祭祀序列，于是亲自为依连哈比尔尕山书写祭祀文两篇，祭祀文当中又明确把依连哈比尔尕山与华岳并列，赞美其在华岳之西镇守华夏山河的丰功伟绩。考证史料可以清楚地看到,整个历史时期,西域诸多山岳,享有国家祭祀最高待遇的,一个是博格达山,一个就是依连哈比尔尕山。

至此,依连哈比尔尕山作为国家圣山的地位,在清朝通过国家的祭祀规制,给予了确立。

清政府收复新疆及在新疆建省以后,沿玛纳斯河驻军、屯田,其中主要在今小拐、下野地、老沙湾、乌兰乌苏、安集海一带。这些地方,后来恰好是沙湾建县时候的基础地域。

1915年沙湾建县,治所设在玛纳斯河中游左岸的小拐。

历史悠悠数千年,发生在沙湾大地上的事件无以数计。但从另一个角度看,也必然伴随着交融。古代沙湾不仅是四域争略之地,还是各种思想文化交流的必经之所,同时代表着各种文化文明之间的无限联系及其最大融汇。文化的碰撞交流都在发生。多少王国部族兴起败落,沙湾山河依旧在。岁月向前走,所改变的,只是让这片肥厚的土地,积淀了一层又一层的陈踪旧迹,留下了一种又一种的民族血脉气息,赋予了无尽神秘厚重的文化蕴藏。沙湾,在等待怎样的一次薄发,竟然要用去两千年的岁月来为它积厚。

如果说,"完整、统一"这样的关键语,是历史通过沙湾向世界传递的一种漫长的文明背景和进程,那么,"和合、分享"这样的关键语,则是当代生活在沙湾的人们通过一盘美食向世界展现的文化智慧。

所谓吃一堑长一智,把智长在吃上,也是匠者之心。聪慧的沙湾人,在一盘自创的菜式上展开其智性的运思。也许这种运思不是自觉的,在当时还显出它的偶然。然而人类智慧的奇妙,正是在万千不知不觉之间踏进文明之道。人间多少事情,看去毫无理性,实是必然产物。

尺有所短,寸有所长。诚如一款菜品,只有自知短长,互相取补,兴利去弊,才能成就佳肴。小如大盘鸡,如果辣椒、鸡肉、洋芋、大葱,各不肯出己味,也拒绝入它味,加以再好的烹制,也是一堆乱草腥肉,不会变成脍炙人口的美食。文明之间莫不如是。人与人间,莫不如是。也许这正是我们从一餐普通的饭食中所得到的。大盘鸡给予我们的,是能现学现做的启示,而我们给予大盘鸡的,是能传之后世的密码。但愿又一个两千年之后,我们的后人,在这片多元文化浸润的土地上,仍然能从面前一盘鲜美的鸡餐中,咀嚼出这些醇厚绵长的信息。

成 全 之 美

座上仙客赞有声，
大器和合一乾坤。
若非主人催下箸，
疑是蓬山出云中。

那天在城西"上海滩"一家称作"机密"的店里，我招
待几位东疆来的朋友。那是秋后的一个下午，空气里已经
有了丝丝凉意，大盘鸡端上来时，热气蒸腾，放到桌子上，
形似峰峦，绕以霞水，山水间云蒸雾绕，红黄白绿五色叠
垒。朋友称奇，口中啧啧不舍得下筷子。我也顺便送上几
句顺口溜，满桌大笑。

饮食之道,胜处不一,却有一点不可忽略,必得与环境气候相适应,才能为一地的食客广泛接受传承。灯红酒绿、金碧辉煌是一种境界,"晚来天欲雪,能饮一杯无"是一种境界。有些心理需求是必须得到满足的,此条件具备,粗粝亦成美食。否则制虽精美,而终不得其味。大盘鸡就是这样一种需要客观条件配合才能品得其妙的菜肴。

与精致讲究的南方菜肴相比,大盘鸡行刀用料粗犷,似难登大雅之堂,只能算一种风味小吃。然而稍事探究,你就可以从它粗放烹制的背后看到其匠心独具之处,这是清淡滑润的南方菜所难做到的。其实在新疆各种酒店的菜单上,大盘鸡都是摆在醒目位置重点推荐的菜品,俨然有了地域美食符号的端倪。

大盘聚合,美味分享。大盘之中,有"共美、共享"的潜思维。食客虽不一定如此去想,但这是中国人的传世信念,隐隐之中自会有意识传递。五味同烩,四海一聚,围一张八仙桌,三五个人坐定,品美味谈闲事,平常而有意味。人心与物通,交友的人对菜的选择自有他的道理在里头。

几年前,一位知名企业老总在沙湾的"鸡蜜"店吃罢大盘鸡,认为尝到了新疆至味,吩咐店家又炒了两只,用车载保温箱运到乌鲁木齐地窝堡机场,发回内地让家人品尝。

当时,随行的办公室主任建议店家一律选用鸡腿部位的肉来特制这两份大盘鸡,这位老总没有同意。他是对的。大盘鸡这道菜,自创始起便尊崇一个基本理念,就是讲究一个"全"字。一只整鸡现场分解,一口锅炒,一只盘装,不多不少,全在盘中。沙湾几家好的大盘鸡店,店虽小,后堂的灶头却开得很多,客人再多,都不会图省事几只鸡一锅炒的。

本来嘛,馆子是开给别人的,客人的喜好就是店家的生意。萝卜白菜,各有所爱。即便同一样菜,张三喜欢炒,李四喜欢煮。有人不吃鸡胸脯的肉,嫌扎口;有人就爱啃鸡脖子上那点东西;有人不吃鸡皮,有人就专拣鸡皮吃,视为无上妙品……我以前不仅不食鸡皮,还拒食所有皮类,连鱼皮也在拒食之列,吃鱼先用筷子把鱼皮拨弄到一边去。一次,一位同桌的女士见了大为惊愕,叫一声"鱼皮多好的东西呀",还立刻伸过筷子把我剥到一边的鱼皮夹起吃了,一脸很享受的表情至今让我记得。

我去过河南永城县开的一家专营大盘鸡的酒店,四个楼层的大小房间里摆着好几十张桌子。我去的时候是个中午,先交钱开票,然后给我安排桌子,人挤成了堆。我佯装上洗手间走错了道,进到后堂看了一眼,两口各阔两米上下的大铁锅同时在炒鸡,厨师站在灶前,其中一个徒弟踩着木架半蹲在灶上,用一只大铁锨在锅里翻炒。师傅一声"中了",徒弟一铁锨装一盘子。另有一个徒弟用筷子在盘子里翻腾,保证一只盘子里留一只鸡头两只鸡爪子,别的就听天由命了。我们吃的时候,司机师傅把盘里的鸡脖子摆在一起,比鹅脖子还长,叫了服务员看。服务员瞅了一眼就继续收他的盘子,脸上一点表情变化都没有。怨谁呢?你人山人海地来吃,人家就只能这么个炒法,如果照搬沙湾单点单做的做法,外边食客非吵翻了天不可。

顺便想多说一句,那一次是我所见过的吃大盘鸡客人最多的一个场面,也是我吃过的味道最不敢恭维的一次。

大盘鸡走出沙湾以后,到底经历了怎样的命运,变成了什么东西,生出了什么面目,我的牵挂、喜怨都不重要。沙湾创制了它,它一路出去,如放一只漂流瓶到大海里,任它去了。

八　仙　桌

　　沙湾大盘鸡店多设八仙桌，也有用小圆桌的，但极少。坐四人上下，一盘鸡刚好够吃。人再多几个，也能坐下。一盘置当间，各人与菜食半臂之距，也是最恰当的取食距离。太远不行，看不清也不方便。大盘鸡合食的精义就在各取所好，总不能叫人撅起半截身子去找一截鸡翅膀。三到四人吃一盘，正是一家之数。

　　八仙桌置放食器，取"天圆地方"的理念。古人以食为天，方桌看上去当然就更顺眼些。

　　现今酒店对桌椅的要求都很考究，我却一直对小饭馆的八仙桌怀着亲近感。八仙桌的出现拉近了人的距离，大小形状皆古朴有人性。以前人家口兴盛，老老少少七八个人围坐在一起用餐，其乐融融，一日三餐好似人间天伦的例课。现在人家城里三四口,农村四五口,也正好合用。即便将来各家孩子多了,五六口人,桌子上也不显得拥挤。

许多人可能还不知道,一家人能坐在一张桌子上吃顿饭,是到了明朝时候才普遍有的。古人不仅分器而食,而且是分桌而食。中国古人用餐席地而坐,一人一案,到唐朝时依然盛行,宋朝时遗风仍存。《韩熙载夜宴图》是极写实的场面,也是各人一案。案即小几,用餐时每人面前一案,用于置放杯盘。古人所谓"举案齐眉,相敬如宾",举的就是自己的食案。古时宴会,食物备好后,先要各自高举食案,如今人敬酒一般,然后置案而食,是款宾待客的礼节,而夫妻天天在一起,每次用餐还要敬之不懈,当然就传为美谈了。

不过我想,古人一人一案的礼制用起来也是有条件有范围的。一般的人家,尤其在乡下农村,分食是自然的,不过,那一定是饭煮好了一人捞一碗,各找一个炕根墙角蹲着吃。现在农村一些地方老人还有这个习惯。有的即便坐着椅子,腿也要盘在上头才舒服。

有了桌子以后,中国人围桌而食,即便农村人家一人一碗从锅里盛了,也要围在一起吃。"一起吃",正是中国人垫底的伦理价值,甜一起吃,苦一起吃,八仙桌只是弥补这个仪式的道具。

一起吃,对应的是"吃独食"。在中国人眼里,谁若是被人认为是个"吃独食"的,那他在社会上基本就没有"混头"了。孔子在《论语》里就提到了这个习性,说国人"不患寡而患不均"。中国人能够容忍强权,但不容忍私占,也是这个文化根源。

椅子传入中原已到唐朝,但当时士大夫以为非古制,称为"胡椅",不屑一坐。到南北朝时期,椅子才逐渐被接受,据说这还是女人的坚持倡导。因为那时候女人开始缠足,席地则极不便起卧,椅子首先成了她们中意的物件。

有了椅子，食案便矮了一等。与椅子相配，自然出现了桌子。桌子高且阔，一人独占过于浪费，家人便同桌而食，由分食而会食。一把胡椅子引来了中国人饮食方式上的一次变革。

大　盘

　　一家人能坐在一张桌子上吃饭了,摩肩接肘,其乐融融,若再要分器而食,既不经济,也不符合国人大同和睦的思想。那就一起吃吧,上大盘大碗!

　　但是,且住。古代的事情从来不会像今天这么简单。古人行事必问古制,而食具的尺寸在那时候是有规制的。宋瓷中虽然开始有大盘大碗的器具,但不是给民间吃饭准备的。

　　大盘大碗盛食的出现,可能已到明朝。

　　明朝在天下大定以后,重农轻商。商人虽然富甲一方,无所不有,但地位在农民之下,连穿衣服布料的定制都比农民差许多。在饮食上,明朝规定庶民饮食宴客不过六器,而且食器很小,比如最大的盘子也只有五寸,盛不了多少东西的。可是在食物上,对商人并无限制。所以那时的商人巨贾就恣意讲究饮食,求精求丰,一来享受,二来炫耀。明中期以后,禁令渐弛,风气奢靡,豪商宴客时,便常把本用来供香的大盘和养金鱼的大碗悄悄搬上了餐桌。再后来,干脆就成了专门的餐具,民间瓷窑也大批地生产大菜盘、大饭碗了。

古人说,"美食不如美器",反映了菜品与食器搭配的审美观。《易经》说,"形而上者谓之道,形而下者谓之器"。大盘鸡有佳肴耀目,亦有大器生辉,"道"与"器"统于一体,相得益彰,朴素地迎合了华夏民族的文明形态和审美观念。

在这一点上,西餐折射出西方人独立意识的影子,各自为政,各自管好自己的盘子,而使用刀叉又是为了便于分割自己的一份,不同于筷子,讲究合作共赢。中国人无论家人吃饭还是在外请客人吃饭,都会是大家共食,所有人面向一张桌子,所有筷子伸向同一个方位,每个人眼前的饭菜就是全部的饭菜。有肉大家吃,有酒大家喝,一起吃,吃一样的,正是中餐所体现的最朴素的共享共和。

大盘鸡初创时期,简洁实用的搪瓷盘子是一种符号,现在盘子五花八门,有的店家盘子过于精致,有的花里胡哨,总感觉不是滋味。

有一次,我问我母亲,家里还有没有搪瓷盘子,母亲问我是哪一种搪瓷盘子,我说就是十几年前吃大盘鸡用的搪瓷盘子。母亲打开橱柜,一会儿就拿了出来,说:"就这一个了。"

没有错,白底、红色牡丹花绘饰、黑蓝沿口。不怕人笑话,沙湾人看见这种盘子,比看见几十年没见的亲戚还亲切。盘子的许多地方搪瓷磕碰掉了,露出里面黑色的铁皮。我赶紧拿报纸包好,带回家保存起来。

古代中国人的生活器皿以瓷器为主,精美又容易量产。古代西方以金属器皿为主,结实耐用,缺点是粗糙和容易生锈。虽然西方很早就有中国的瓷器输入,但由于陶瓷易碎而难以运输的特点,所以到达西方以后,就成为极为珍贵的奢侈品,民间是无法享用的。后来,西方人在掌握了陶瓷烧制技术以后,把东方的陶瓷附着在他们的铁制器皿上,于是出现了搪瓷。搪瓷餐具首先得到中亚人的喜爱,他们是陆路丝绸之路上东传西送的主要人群,通过他们,搪瓷制品到达中国的新疆和内地。当然,再后来大规模的搪瓷制品贸易,是通过海上丝绸之路进行的。

就这一只搪瓷盘子来讲,在丝绸之路的第一次文化循环是这样的:从公元前的汉朝开始,中国陶瓷器皿由西域逐渐经中亚、西亚的波斯、叙利亚,最终到达西方罗马帝国;到公元18世纪以后,欧洲国家在珐琅工艺的基础上,开始发展以钢铁为基材的搪瓷工艺,后来,搪瓷制品经由中亚传到新疆,于清朝后期来到中国内地。1917年,中国人在上海自办了第一家搪瓷厂,到20世纪30年代,已经能够大量外销国产的搪瓷器皿了。

第二次文化循环是这样的:大约200年前开始,一只中亚的搪瓷盘子,盛着那里一种特色拉面首先来到中国新疆;二十年前开始,这一只搪瓷盘子从中国新疆的沙湾县盛着特色美食大盘鸡进入中亚,继而走向西方世界。

这两次完整的文化循环,经由这一只搪瓷盘子紧密相扣。

大盘鸡的搪瓷盘阔十余寸,蓝边白底,淡红花饰,映衬一盘显山露水色浓味厚的菜肴在眼皮底下,让人心一下暖到尖尖上,口水汪到舌根里。大家筷子碟子一齐上的时候,还哪里有外人,都是家人了。

大　名

古人讲"有容乃大"。"大盘鸡"之名在响亮豪放以外，给人坐拥空间自由驰骋的襟怀安慰。若非茫茫西域，不能有此一称。

沙湾人吃大盘鸡，有一句土话，很是痛快："风味嘛，在风里头吃，才有味道。"

店家一到天暖，就齐刷刷地将八仙桌摆在门前凉棚下，顶上是西部苍茫天空，身边是一望无际的原野田畴，对面黑油油的公路上，有不知此去几百千里的滚滚车流。一路奔波而来的游人商客，停车坐定，为之唏嘘，为之所动。捂着咕咕饥肠，自感渺小者，需要大味刺激；自感天我同在襟怀澎湃者，需要大器慰藉。此间大盘大块大味大色大辣的大盘鸡上来，麻得唏嘘鼓舌，辣得龇牙咧嘴，间或吃口咸菜,咬得嘎吱作响。端起啤酒一气灌下一大杯,"咣"一声重重地放了杯子,为之自得,为之四顾。热紧了扒下衣服,任野风吹过,爽快淋漓。这般环境,这种吃法,这样的味道,在内地的空调小室,是怎么能吃得出来呢?

大盘鸡做大成名,"大盘"之名也是秘密所在。大盘鸡的名字预设的西部感、豪横感、张扬获得感,在一盘现实的菜肴端上来之前,已经在时间与空间游荡,在无数食客的想象里炮制。中餐菜名五彩纷呈,有大雅的绝句妙语,有大俗的谐趣笑谈,不一而足,但归其一点,都要讲究一个响亮、上口、好记。大盘鸡取名似显拙朴,但意在其中,使人未品其妙,已先声夺人。然而大盘鸡最早也不是店家有意策划包装叫起的,是食客中有心者观其整鸡炒、大盘装的特征,以大俗而致雅,直截了当去叫,因而成名。可以说,大盘鸡非此大名难当其实。

中国传统烹饪艺术中有一个重要内容,就是食物与食器的和谐统一。虽然食器不是厨师所制造,然而好的厨师能够选用最恰当的器物使食物得到巧妙的衬托。同时,美妙的食物还能够瞬间提升器物的品质,使两相和谐产生新的美感。

大盘鸡食与器的结合有一种自然之美,这是它所隐藏的和谐与热量,这也是似曾相识的记忆复古。仿佛原始人类在一片石臼上烤制野鸡,仿佛周朝的士大夫们围绕一只巨鼎大快朵颐。

唯大盘,可盛下全鸡,可烩进各样必配的菜蔬调料,可留住丰润的汤汁。这种先炒后炖而成的鸡汤,因融进了干辣椒而呈猩红色,又沉浸了洋芋中的淀粉而浓郁鲜亮,油香而不腻,宽且薄的面片在里面搅拌几下,立时沾起金汁银粉一般,晶亮诱人,味道独一无二。

这似乎是件奇妙的事情,平常的面片,吃剩的汤汁,那么两厢一沾,就生出一道人间美味来。竟然也有人买一盘鸡就为吃这一口面的,这就是一只容器所能带给人们的。

一只大盘，给胃的感觉是满足，是一顿饱饭。

给面子的感觉是大气。

给口袋的感觉是心里有数。

按惯常的请客，少说也得点个几菜几汤，碟子摆在那里得把桌面子罩住吧，一样菜，一只碟子，是怎么也不合体面的。然而自有了"大盘"就不同了。"大盘"大的不仅是内容，大的还是响亮，是心理。"大盘"啊！什么装不下，一只全鸡、各色配菜放进去，面子放进去，窘迫放进去，礼俗放进去，甚至江湖放进去，尽可一盘端起放下。

有一个大名撑着，有一个天底下独一无二的美味撑着，大树底下好乘凉，多少芸芸众生的蓬勃心愿获以满足。

我原先以为，只有沙湾人招待来客的时候会首先想到大盘鸡，后来我在昌吉、乌鲁木齐、张掖、石家庄、广州等几个地方吃大盘鸡，都是当地朋友推荐去吃的。他们有的并不知道大盘鸡与沙湾的关系，只是在介绍当地他们感觉有特色一点的小吃给朋友时，把大盘鸡列为一选。

去年我和奎屯的一位设计师去乌鲁木齐办事，那天我是搭他的车，快中午了，设计师接了个电话，说有朋友在等他呢，叫吃午饭，我只好随行。见面时天在下雨，设计师问他的朋友吃啥呢，他朋友说吃大盘鸡。我有点不想去吃，就插嘴问："那个好吃吗？"设计师的朋友说："好吃。"我又问："怎么个好吃？"他说："吃上一次你就一直想去吃。"

东转西拐车子在一条街上停下，设计师的朋友带我们进了一家记不清叫什么"胖子"的店。店不大，但装修还好，二十几张桌子一样菜，只卖大盘鸡。叫了以后菜上得挺快，盘子装得也实在，但一看就是肉鸡。土豆是预先过了油的，和鸡肉、汤汁一个色，我动了几下筷子就没有食欲了，结果他们两个人一会儿工夫把盘子里那个小山丘吃平了，还要了皮带面。我吃了几块面片，汤味不足，面味也就一般。吃完了，他俩满意地揉着肚子,设计师的朋友说:"没办法,老婆一直嫌我胖,节食一年多了,一吃这鸡就吃撑。"我坐在那里心里忽然就莫名其妙地生出一层怜悯,感觉乌鲁木齐人真是"可怜"。我抬头又一次环视这家店铺,二十几张桌子,半下午了还在不停地翻台,一堆人那样津津有味地吃。这店要是开在沙湾,也许一年也不会等来这样一场子的客人,而在乌鲁木齐,他们却这样虔诚地把这里当做沐浴至味的宝地了。

那一刻我想大声对他们说,如果要吃好东西,你就该出生在沙湾。但即刻我笑了。我一样是一个可笑的傻子。除了几样吃的东西,沙湾还有啥是能比得起乌鲁木齐的呢?但我释然。也许这就叫上天的公允:因为满足于一个地方的一样事或者一个人,一个地方便满足了他的一生。

返回的路上经过石河子,脑子里忽然生出几句诗,停车录下,题名《终日饱食赞》:

左顾石河美人城,
右盼奎屯不夜天;
若非大盘鸡饭好,
此生何必住沙湾。

沙湾向东,连着石河子市,花园之城,美女之城。向西,毗邻奎屯市,繁华长夜不思眠。夹在二者之间,沙湾常常因为过于熟悉而倍感陌生。幸亏大盘鸡,让我这个离不开故土的人,有了一个留下来的道德借口。

大盘鸡有多大

沙湾民间一次看似无意的创造,给了天下人一道美食。

而这个无意的创造确实超出了一道菜。它的出现可以称之为新疆乃至西部一个重大的饮食文化事件。它的意义被我们在大快朵颐时不断生发,愈见浓郁,飘散开一片蓬勃不竭的人间气息。

经常遇到有人问我什么是大盘鸡,我理解他们是要给大盘鸡找一个定义。一样食物怎么可以有定义呢?这如同我们不能把每个人的口味统于一味。一直以来,我都认为饮食也是一种艺术,有其神秘的审美价值。在欧洲的思想体系里,吃的东西是物质之欲,是低级的器官享受,所以他们的饮食至今偏重营养,在他们的语言里,就没有"味道"这个词。中国人不同,不仅老百姓讲以食为天,两千多年前的《礼记》就讲"夫礼之初,始诸饮食",宣示我们文明最高成就的礼仪产生于饮食活动。"既食既足,礼让以兴"。中国古人以食礼为核心,教化民风,传承文明。然而即便这样,奉饮食为艺术,等同于奉厨子为艺术家,在古人的观念里,也是不能接受的。好在我们的饮食文化愈来愈受到重视,有了一块好土壤,开花结果该快有指望了。

大盘鸡出现以后迅速传播和受追捧,不光靠粗犷其形,也不光靠鲜美之味,产生它和它产生的文化,才是人们觅食的真正味道。

我想,应该说明白的,是大盘鸡的文化意义。

大盘鸡精义在"大",何以为大?大盘鸡的文化意义就在这个命题里。

其一,大盘鸡的出现打破了西部美食创新上的千年沉寂。传统的西域饮食,如抓饭、馕、烤全羊、牛肉面等名目不多,有名的更是屈指可数,它们很早就在新疆或其以外的广大区域出现了,以至于早到没有人知道它们出现的年代。从这个角度反思,我们可以认为,在西部,没有再出现被当地居民普遍接受和留下深刻影响的新的饮食已经很久了,直到大盘鸡出现。

现在,在新疆,大盘鸡是地方菜的头牌,在内地,大盘鸡被冠以"新疆大盘鸡"美誉,同样把它看作新疆菜的代表。北京奥运会的菜单上,新疆菜上去了两个,第一个是大盘鸡,第二个是孜然寸骨。

其二,大盘鸡的出现带动了一个庞大产业链的形成。大盘鸡在西部改革开放初期出现,立即在各地带动了鸡的养殖业、饲料业、医药业、销售业、加工业、餐饮业等一个庞大产业链的迅速崛起。许多地方、许多企业和个人从这只鸡身上掏走了成堆的金蛋。一道菜能对经济产生如此长久影响的,委实不多。那几年许多工厂昼夜不停地生产一种规格的搪瓷盘子,连贩鸡的、拔鸡毛的都成了最赚钱的行当,大盘鸡在上游、下游都衍生了意想不到的产业端。如果目睹过那一时之间马路两边的店面"城头变换霸王旗"一般拆换招牌的场面,你不会认为我是在夸大一只鸡对我们身边事物改变的能耐。

其三,大盘鸡改变了北半个中国饮食,尤其是马路饮食的餐饮结构。年纪大一些的人都会记得,二十年前,西北几个省份的饮食店主要供牛羊肉,公路两边大多是"牛羊肉饭馆"的牌子。大盘鸡出现以后,从新疆到内地如风卷残云般改张易帜,"大盘鸡"招牌遍地开花,辣子鸡、椒麻鸡等迅速跟进。在南北疆,客人到一个地方找馆子吃饭,门口看到的是烤肉摊,门头的招牌,三个里面准有一两个写着大盘鸡。

其四,大盘鸡在民间改变了一种请客习惯。以前客人来了请到馆子里喝酒吃饭,只上一个菜肯定要被笑话。国人待客的习惯,没有几盘几碗是上不了桌子的。有了大盘鸡就不同了,客人不会感到被怠慢。"大盘"啊,你的面子里子大气小气全可以装进去。大盘鸡和贫富无关,这是无阶级的美食大餐。

其五,大盘鸡创造了一个饮食传播的历史奇迹。好吃的东西自己长着腿。大盘鸡出现以后应声叫响,店面从沙湾一路开下去,车有多快大盘鸡就传播有多快,路有多远大盘鸡就能走多远,短短几年就红透北国,传播江南。事实就是这样,我们迎面遇见的正是饮食历史上从未曾有过的一种现象。历史上没有哪一样食物在出现以后发生过如此快速而轰动的传播效应,没有的。

其六,大盘鸡体现了文化的融合。大盘鸡不仅融合了新疆多个民族的文化内容,突破了原新疆菜式单一独立的制法,而且是汉餐与新疆其他饮食传统结合的产物,体现了文化的迅速交换;另一个方面,大盘鸡在南北传播的过程中,配菜、调料、口味因地变化,百鸡百味,带着文化的包容,留下了变种分支的活口。作为新疆菜的代表,大盘鸡更加体现了我们新疆大气豪迈、包容四海的文化姿态。

其七，大盘鸡是唯一一个中国大餐式的快餐。肯德基是西餐快餐化的代表，但是如果叫它由生到熟现做，客人肯定得着急，那就不是快餐了，何况它也无法随处经营。牛肉面、丸子汤也可以算快餐，却归于家常饭食。我们举世闻名的中式大餐有没有快餐？快餐概念又如何承载中餐？我觉得大盘鸡算一个尝试。大盘鸡一般十五到二十分钟上桌，就在服务生为客人摆凳子看茶水的当间完成，菜、肉兼备，炒、炖、烩一气呵成，色、香、味、形和新鲜、热吃这些中餐的特征无一缺少，又集南北口味、少数民族和汉族皆宜，我把它叫做满汉全席的快餐式菜品，大家或可接受。

其八，大盘鸡是第一个敢以"大"相称的菜肴。清人袁枚的《随园食单》收集了历代许多有名气的菜品，满汉全席的菜谱也有一百多种，里面没有一样菜有个大字。同时，用大盘盛食，在内地菜式上也极少有。随大盘鸡之后，大盘鱼、大盘鹅、大盘肚、大盘牛羊排骨等相继出现。一张餐桌摆上一式的大盘，已经形成一种新疆旅游餐饮的文化氛围。为此，全国饮食协会几年前在重新进行饮食分类时，把"大盘系列饮食"列为中国八大风味小吃之一，可见大盘鸡不仅填补了饮食史的一个空白，更以它大气粗犷的面目丰富了中国饮食文化的内涵，在饮食业内，有着横空出世的意义。

其九，大盘鸡饮食的内涵，体现中国传统文化的思想精髓。大盘鸡菜品的"方义"，取完整，取本味，取和合，取调和，取各取所好。一样吃食里的精深道理，至此也罢。

大盘鸡由起初的"沙湾大盘鸡"，后来被叫成"新疆大盘鸡"，再后来，就成了"大盘鸡"。从一个意义上，随着大盘鸡的传播，沙湾的创始地印记被淡漠了；从另一个意义上，大盘鸡已经被普遍认同，正在成为一种公认的美食。从这两个意义上，我想说这样一句话：大盘鸡是沙湾的，是新疆的，是中国的，也是世界的，因为它是独一无二的。

第二辑

四方争说大盘鸡

来 历 之 辨

　　大盘鸡历经二三十年发展传播叫响全国,已经与抓饭、烤羊肉串等几样本土风味美食一起,成为新疆特色餐饮中的一个代表,一种符号,一张名片,蕴藏着巨大的热力和潜力。这张名片名落何处,将是难以估价的无形资产,这是明眼人都清楚的。因此,这几年突然有几个地方调动网络、报刊等各种媒体托古论今地声称是大盘鸡的发源地,也是情理之中的事情,不显得奇怪。

　　概括来说,大盘鸡之争有三:一为来历之争,一为起源地之争,一为创始人之争。

　　先说起源。

起源说一,宫廷御食流入民间。

持此说法的人称,有人专门对此进行过考证。但何人考证不详,如何考证亦不详,只有一个考证结果,说:大盘鸡是专做给清廷后宫的一道美食,深得宫廷上下喜爱。有一年,宫内的一位老厨不在宫里当差了,出宫后悄悄将大盘鸡简单易学的做法带到了民间。

然而,此说有三重疑问,不能自圆其说。

其一,怎么就直接传到新疆而不是内地?此老厨是新疆人不成?

其二,大盘鸡问世于新疆且只有近二三十年时间,此前在内地从未曾有,这是大家都认可的。既然老厨已将此御食流落于民间,怎么就在民间秘藏了一二百年才重现于世?

其三,宫中御膳房乃"国家级"美食作坊,天子、皇后富有四海,四方朝贡的食料源源不断,纵或烹调不得法,材料则奇珍异物,多为民间所罕见。若用平常菜蔬,亦必精工细制,讲究选料,每一工序只需按部就班地定制,照着去做自成美食。

其实宫廷菜有时可能并不需要如何高深的烹调技术,反不如市井的民间小吃,好的原料偶遇良厨,便能尽食性,做成至味。

清人吴永的《庚子西狩丛谈》,记述慈禧母子为躲八国联军出逃避难的狼狈相,很是生动。慈禧一行逃到怀来县,饥迫间吃到一种"卧果儿",视为无上珍品。后来要征用那个厨子,原因只是"他炒的肉丝很得味",可见宫廷是极不易吃到民间菜品的。

菜品创制看似偶然,事实上,必然是一地文化酝酿的结果。大盘鸡的特色就在粗枝大叶,浓汤重味,一起始就是民间风格,而且是北方民风,实在没有太多宫廷菜肴讲求精洁的路子。

我查了许多宫廷菜单资料,有清宫家宴的,有慈禧寿宴的,甚至看了"满汉全席"单,其中用鸡极广,望菜名即可知搭配与精致,然而既无大盘鸡名目,也无相似做法的。

起源说二,左宗棠将大盘鸡带进新疆。

这个说法似乎是对前面说法的补充。传大盘鸡是由当年清朝名将左宗棠收复新疆以后,在伊犁所创制,称左公如何在公务百忙中将他在皇宫中品尝过的大盘鸡做法传给了伊犁人民。

有人就问御膳房无此鸡做法,左公如何品尝?答曰是后宫的做法,不入宫廷菜单。便又问左公是怎么入得后宫吃大盘鸡的?左公入了后宫,还吃了大盘鸡,说的人不知道这样做的后果,可左公能不知道么?

此说一出,众人皆指伊犁人杜撰。知道历史的人都清楚,宫中的美馔除非皇上赐予,是极难传到宫外的。

清史记载,康熙皇帝自小恩遇大臣,尤其是老臣,不但常赐以美食,甚至体贴到赐以烹制食物的秘方。宋荦在江苏做巡抚十四年,政绩突出。一次康熙南巡,颁赐食品,传谕:"宋荦是老臣,与众巡抚不同,着照将军、总督一样颁赐。计活羊四只、糟鸡八只、糟鹿尾八个、糟鹿舌六个、鹿肉干二十四束、鲟鳇鱼干四束、野鸡干一束。"可见都是原料。又传旨曰:"朕有日用豆腐一品,与寻常不同,因巡抚是有年纪的人,可令御厨太监,传授与巡抚厨子,为后半世受用。"

康熙所赐制豆腐秘方的内容,无有记载,宋荦也是断然不敢再行外传的。后人考证,可能是"八宝豆腐",料既精且繁,无上妙品。可见,宫中的饮馔制法,属于皇家资源,虽只一品豆腐,但代表浩荡皇恩,除了皇上,别人是无权处分的。

起源说三,长途司机吃出来的开胃美食。

此说在北疆司机中流传极早。从乌鲁木齐到伊犁、塔城、阿勒泰、博乐等地,必经沙湾。以前路况差些,乌鲁木齐向西到沙湾半日车程,是午饭时间。司机这活辛苦,中午饭讲究吃饱吃好,快速、便易、实惠、可口,自然是首选。而从西边四个地区向东到沙湾一日车程,是晚饭和住宿时间,许多司机要来点酒解困乏催睡意,然而收入有限,天天点几个菜不现实,因而有一餐既可下酒又可下饭的菜肴,就求之不得。

312国道,在沙湾县城穿城而过,路的两边早就有许多专为长途司机开的小饭馆,有的也带住宿。时间久了,司机与店家就成了朋友,相互关照,其乐融融。

传20世纪90年代初的时候,在沙湾县城西郊开店的有位四川师傅,深知司机们长时间驾车颠簸,胃口都不太好,就用能刺激开胃的干辣椒和青辣椒与鸡肉同炒,炒到七成熟的时候再加入北方司机都爱吃的洋芋焖一会儿,至汤汁浓郁时,下一盘宽宽的"拉条子",菜往上一浇,司机们连汤带菜热腾腾地吃,这种做法很快就传开了。

也有人说,大盘鸡本是长途司机常吃的辣子鸡,在司机们的要求下一步步改进。有时司机在乡下买了鸡让店家加工,因为是整鸡,必须用饧拉条子面的大盘来装,逐渐就演变成了大盘鸡。

长途司机是天下美食的搜寻者,也是传播者。对这一种说法,因由来已久,许多人乐于接受,但沙湾当地人说,是有过这样一个四川厨师开店卖大盘鸡,但那是大盘鸡出现以后了。

起源说四,辣子鸡与哈萨克族"那仁"面的混血结晶。

"那仁"面是哈萨克族、蒙古族等古代游牧民族为方便战争需要发明的,是把宽面片直接在煮过手抓肉的汤里煮熟,捞入大托盘,肉食置其上,以羊肉汤和切丝的生皮牙子浇汁,众人以手抓食。这种面好吃的诀窍:一是和面时用适量盐水,使面有硬度;二是肉汤要浓。传20世纪80年代末也是在沙湾开饭馆的一位四川师傅,一次去山里,在哈萨克族牧民家里吃到大盘"那仁"面,受了启发,回来后摸索着用汉族人喜食的肉类做大家可以共食的拌面,就发展成了大盘鸡。此说颇符地域特征,更有大盘和宽带面为证,有一些可信度。

起源说五,元兴宫的小偷半夜享用的美食。

元兴宫在沙湾县城西十几公里处,有四个自然村,原设乡,后并入安集海镇。因水土条件好,盛产优质小麦、黄豆、油葵、洋芋、皮牙子,家家都很富裕。但因地处山夹,交通不便,冬闲无事,有的年轻人就爱干个偷鸡摸狗的事,以此取乐。常常三五个人天黑透了出去偷,每次一只两只,失主第二天见鸡少了骂一阵街,并不值得报警,小偷们也就可以隔三岔五偷上一家。鸡偷到手,去一个可靠的人家,连夜褪毛,为不留痕迹,整鸡剁块一点不剩地下锅,清油爆炒,再用冬储的洋芋、大葱、红辣皮子炖上。扑克牌打到半夜,肉也烂了,吃肉喝酒,不够吃就下面。因是男人,拉面手法粗糙,只有大块面片子下一锅,一笊篱捞起来扣入鸡盘,香美无比。这些年轻人有钱时也常到隔着一个山岔口的乌伊公路边上消遣,那里开着许多路边小店,有几个觉得店里炒的辣子鸡味道不好,就依夜半的手艺指导,店家对着炮制,果然好吃,就传出去了。

此说在沙湾民间流传。后来人们夸大盘鸡好吃,常爱说一句"贼香"的话,有人说与此有关,但因肇始既无合法性,又无从考证,即便为真,小偷也不敢为个什么创始人去自认的,所以只列入起源说,作闲人谈资耳。

历史上与鸡有关的争论,还涉及一道菜,便是有名的"霸王别姬"。这个"霸王别姬",说白了就是王八炖鸡,小母鸡与甲鱼同入汤锅,加佐料焖至酥烂即成,家家都可做得。只是因为这道菜托了一个好典故,安徽人便说此菜乃徽菜掌门,江苏人坚称它是苏菜的杰作,山东人又号其为鲁菜的代表。楚汉之争在垓下一战定音,英雄刎剑铸成绝唱,后人却拿它在饭桌上刀叉相见,该叫楚王更无颜面了。

夸名本来就是饮馔的一个特色,此菜因用典形象,又集爱情、死亡、战争、诗意于一身,在寓意上由二物相合引申为负阴抱阳,又深入而浅出,称其最能滋阴壮阳,接下来更有那么多的迁客骚人不停地编故事找根据,盛名之下,其实难负,就不能怪垓下之地以及两方主角老家的后人要一争高下了。这一争,便也让这只与王八潇洒走一回的小母鸡无论在文化、名声、底蕴,还是无厘头、没来由都独占鳌头,成为有史以来最风光的一只鸡了。

按中国人的惯常,一个人或一件物,为抬高身价或是讳其出处,多是要搞一个有点名堂的经历出来,借名打名,知道从根子上抹红自己。旧货市场上一件寻常物件,卖主吆喝说是太监从宫里偷出来的,立时就会围起一群人来。把大盘鸡也搞进宫廷秘史,用心良苦,可我总感觉得之桑榆,失之东隅。众人爱吃大盘鸡,喜欢的就是它大手大脚的乡土做法,大油大味的原始野性,易学易做的家常化风格,若是搞个民间善本出来,可能更迎合当今时尚,硬要不伦不类挤进宫廷菜式,不仅不懂大盘鸡食客们的心思,也一定是一个不懂大盘鸡路子的人想出来的傻主意。

沙湾有名堂的大盘鸡店都开在城郊路边,在取其乡土风味、取其本来就是一道大路菜的内质。其他各地也都有这种状况,背靠乡野,又离城不算远,门面直对城里人,是有深意的。

谁是蛋　谁是鸡

　　有个故事说,明朝时候,南方某地向北京的皇帝进贡海鲜,因鲥鱼至美,列为贡品。但尽管由快马昼夜急递,所经各县也备冰冷冻,待到京城,鲥鱼也完全是别的味道了。

　　然而此乃贡品,御膳房不敢丢进垃圾桶,只好多加佐料,烧好了供上方玉食,荐诸宗庙,分赏大臣,哪个厨子也不敢说破真相。于是未到过江南的皇帝嫔妃、太监大臣也就都以为鲥鱼就是这个味儿。

　　后来,有个太监受命去南方巡视,僚属欢宴,席间有一道蒸鱼,吃着很是鲜美,就问地方官,回答说是鲥鱼。

　　"鲥鱼?"太监大惊不悦,"你们不要骗我,进贡的鲥鱼我吃多了,这哪里是鲥鱼!"

　　现今,在地处偏远的新疆县城,一些大的酒店的菜单中,有产于太平洋的海鱼,超市里也能见到东南亚的新鲜水果。可见,饮食与交通的关系至为密切,通衢要驿,繁华枢纽,不仅兼具五方口味,往往也带来了新的烹调技术。

沙湾地处北疆中段,为险峻的天山和渺无人烟的中国第三大沙漠古尔班通古特沙漠狭峙之间的一片绿洲,自古以来就是东西交往的必经之路。历史上无论通往伊犁将军府的官道、通往阿尔金山的黄金驼道,还是民间西出东进的商路,都必经此地,因而在玛纳斯河流域,在乌兰乌苏河、金沟河、安集海河渡口周围,留下了很多军镇、驿站和神奇凶险的传说。

以前人们出行,全靠畜力脚力,日行几十里,而西域茫茫,常常数百上千里不见人家。就是设有驿店,何地可打尖,何时能投宿,都有不成文的规矩,不是什么时间什么地方都能敲开店门的。因此出行之时或者中途遇驿站停歇,必须备足路菜,带在途中食用。

富裕的驼队、商贾对路菜很讲究,制作上要求一能久藏,二能下饭。久藏必须沉浸浓郁,大块单一以防腐变;下饭即就着主食吃,每餐要省着,为解馋和刺激食欲,就得香浓味重,这些要求对烹调提出考验,须费心琢磨。历史上沙湾境内设有几处大的车马店,东来西往的商队,人杂嘴刁,多难侍候,店家为生计就尽力而为,吸收积累了不少烹调心得,对南北东西的美味佳肴也有了大致的体会。现今老沙湾片区一带的农家妇女,随手炒制几样家常菜,都极得味,应是遗风。

20世纪80年代初,沙湾饮食业在城镇迅速复苏,至21世纪初的二十年间,在品味、菜式、口味、服务等方面都几乎可与新疆首府乌鲁木齐并驾齐驱,于南北县市中独树一帜。大盘鸡创始于此一时期,占尽天时地利和人们膨胀的口腹之欲,一经出现,便不胫而走,远播海外,也就绝非偶然了。

至于大盘鸡的起源地,内地人多不关心,他们习惯上称作"新疆大盘鸡",也没有别的省份来争噱头。只有一些爱刨根问底的游人,为吃上正宗味道，才一路追到沙湾，且非要寻到老店才肯罢休。

因为大盘鸡在内地一些地方又被叫成了"新疆大盘鸡"，成为新疆菜式的一种标志，因此新疆人对起源也就格外关心起来。20世纪末，先是乌鲁木齐市郊的柴窝堡打出"正宗柴窝堡大盘鸡"的旗号与沙湾争持；21世纪初，又有伊宁市加入进来，打出"伊犁大盘鸡"，号令周边地区并向外延展，欲三分天下，一源清流，遂成浑水。

柴窝堡的大盘鸡，据当地人说是在1988、1989年间一位湖南人在路边开了一处饭馆，专炒大盘鸡，因味不成熟，不太出名，但当地人喜欢吃。后来生意渐好，周围的退休工人竞相效仿，就形成规模，产生效应，传了出去。柴窝堡在乌鲁木齐城乡接合部，人流旺盛，大盘鸡走红乌鲁木齐时，当地饭馆迅速反应，地方上在硬环境方面也做了大的投入，产生了规模效应，也做出了很大的名声，这个不假。但自认作大盘鸡的起源地，能拿出来的理由只是"因为最初开店的是湖南人，湖南人本来就爱吃辣，做起大盘鸡就得心应手"。

伊犁的大盘鸡立为"正宗"的理由，是凭借前面所述的"左宗棠带入说"，再无凭证。上网查看各路游人的帖子，民意在反映所知"柴窝堡大盘鸡""伊犁大盘鸡"时，基本理解为"在柴窝堡开的饭馆里吃到的大盘鸡""在伊犁的店里吃的大盘鸡"，而不会如提到"沙湾大盘鸡"时，第一反应便是"沙湾人的大盘鸡"，带着天生原创口气说话。也有提到这两个地方是否为起源地的，但必提及沙湾以质疑。在内地人比我们要强的记忆里，他们确实清楚，听到"沙湾大盘鸡"的时间比其他地方的大盘鸡要早。

那么，在沙湾，是哪家店里首先叫出了大盘鸡的名字？主创的厨师又是谁？目前有多种媒体曾报道沙湾大盘鸡的出处为县城西郊"上海滩"的"杏花村"大盘鸡店主，但沙湾当地人多不以为然。老一点的当地人，许多把记忆指向一家叫"满朋阁"的饭馆。至于店主，知道名字的实在不多。

这个"满朋阁"的店主叫李士林。

像这种个体小店，普遍的都是家庭式经营，厨子就是店主。

李士林，江苏溧水人，说一口新疆土话。我约他聊一聊大盘鸡，他脸上从头到尾一副不舒服的表情。

李士林：1987年5月份，我在沙湾县城西边老商业局边上包下一家"牛羊肉饭店"，除了做饭食，主要卖辣子鸡和清炖鱼。因为这两样东西我都拿手，很快县城里的人都知道了，生意还算红火。那时候饭馆北边不远有个县上的建筑公司，包工头很多，好像都有钱得很，经常到我的店里叫了菜喝酒，吃高兴了，也经常让上两盘子辣子鸡。

也就是入冬不久吧，有一天下着雪，他们又来了。遇上下雪天来喝酒的人就多，也都来得要早些，我早早就把煤炉子架上火，把房子烧热了。他们进来坐下，忘了是老马还是老韩，说今天人多，你给多炒一些鸡。店里平时都是几只鸡一次剁好盛在一个大盆子里，有人点了就炒一盘，想多要就点两盘。那时候食堂的盘子到哪儿去都一样大，和平常家里用的一样，就是白瓷碟子。

那天他们一进门就喊着鸡要多炒一些，我就取了平时双倍的鸡肉，加干辣子、青辣子一锅炒了。装盘的时候，心想一只盘子盛不下，我图省事就顺手把醒面的大托盘用上了。第二天他们又来了，我正在剁鸡，他们嚷嚷说还按昨天的炒，要一大盘子。我当时也没有多想，就把正在剁的一只整鸡剁好，炒了给他们端上去。那时候客人坐的前厅就是一间大房子，里面摆几张八仙桌，慢慢的就有别的客人见了，说，哎，老板，我们也来一大盘子鸡。这"一大盘子鸡"叫久了，到1988年春天的时候，就叫成了"大盘鸡"，我也就按客人的习惯，把小黑板上菜谱里面的"辣子炒鸡"写成"大盘鸡"了。

也就那个刚叫出"大盘鸡"的春天，租给我店面的那家人把店收回去了。我在斜对面乌伊公路边上大修厂拐角又租了房子，我的江苏老乡老蒯，帮我起了一个店名，叫"满朋阁饭店"。因为店的名字好，人家容易记住，再加上"大盘鸡"的名字刚叫出来，名字响亮，菜也地道，我的生意一直都好。到1990年冬天，我考虑店面小了，经常让客人站在那里等着也不是办法，正好这时候，原来赶我走的那家没有生意干不下去了，我就又回到老商业局下面的店面，那里大些，可以摆下六七张桌子。可是没有想到一开张就客满，晚来的客人还是要等。记得有个"王河南"，一星期要来吃六次鸡，我一直没好意思问他剩下那一天是吃啥呢。

到了1993年，我想把饭馆再开得大些，一狠心就搬到了城东头一个大店面里。那一年在县城开大盘鸡店的人已经有几十家了，生意都好得不行，城东头还一家也没有呢。没想到，沙湾地邪得狠，这一搬，来的人不如以前多了，过路司机不在城东停车，城东的人也还是一个劲地跑到城西凑热闹，我以前的老顾客，也慢慢不过来了，我开了一年就停了。唉，人这个东西就是怪得不行，那时候吃东西爱往人多处跑，味道好不好是一方面，主要还要叫别人看见他在外面吃了，装面子嘛。不过也不光是地方的事情，以后我又几次开几次停，都和家里的事有关系。到2004年，乌鲁木齐仓房沟一个大老板开发旅游区，到沙湾考察，知道大盘鸡是我发明的，吃了我炒的鸡就把我请去，干了一年多时间。从乌鲁木齐回来后，我又在沙湾山上给一个赵老板干。后来娃儿们不愿意，都说还要自己干，我就又把手续办齐了，开始准备到城西头去开店。但那时候城西头大盘鸡生意太好了，房主把房子的租金抬得很高，就这样房子也不好租到手，我插不进去。我住在机关农场嘛，最后还是就近租下一间房子开了大盘鸡店，还叫"满朋阁"。生意还行呢，知道的老顾客慢慢也来的呢。

前些年有人给我说，听到杏花村的张老汉对外面讲，大盘鸡是他创出来的。我认识张老汉,在菜市场也经常能遇见,他从来没有在我跟前说过大盘鸡是他创出来的。我从1988年就卖大盘鸡了,到1991年"杏花村"才开始卖大盘鸡,他以前一直卖的是卤鸡。他卖大盘鸡的时候,沙湾街上已经有四五家饭馆也在卖大盘鸡了,他是看生意好才改卖大盘鸡的。他跟谁学的我不知道,听人说味道和我的有一点区别。他在城西"上海滩"开,那里后来跟着开了十几家,他把钱挣下了。前些年经常有人骂我,说我没本事,创了牌子让别人挣大钱了,我就气得不行。现在也没有啥想法了,自己没有守住,别人守住了嘛。

现在的大盘鸡和我最早炒出来的大盘鸡不一样了,放各种菜不好,损鸡味。大盘鸡应该围绕鸡来做,鸡是主,不能以辅料欺主料,失了鸡味。用调料应该能去腥就行,现在许多店里用草果、桂皮、大香等,草药味道压过鸡味了。你让客人吃鸡呢还是吃药呢。

我炒的大盘鸡,鸡味浓得很,又辣又香。我不放土豆,也不乱放别的菜,除非客人要求放。我的炒法十几年没有变过。我不变。那么多的客人就爱吃我炒的鸡。

现在我的孩子都会炒大盘鸡,他们也认为我的炒法好吃。我女儿前一阵子还对我说,我不干了她接着干,再不能停了。我自己还要干,干不出来,我没脸上街见人呢。

张坤林,七十四岁,河南永城人。夫人李春莲,七十一岁,四川绵阳人。这是2007年秋两位老人接受采访时告诉我的。

张坤林:1983年的时候,我们两口子在安集海老大桥开了一间商店,叫"大桥商店"。干了一阵子,生意不行,别人就劝我们开饭馆,我们就改开了饭馆。那时候小闺女六七岁,她说重新起个名字,叫"杏花村饭店"吧,我们说行嘛,就叫了"杏花村"。

干了一年多，大桥拆了，路也改了，我们就撵路嘛，搬到了夹河子开，还是做过往司机的生意。1986年的时候，听人说县城边上停车吃住的司机多，就又撵到现在叫"上海滩"的这个地方，租了两间土房，卖炒面、拌面、丸子汤，还有卤鸡。开始的时候生意不好做，给司机都是包伙，一个人连吃带住五块钱，一荤一素外带半瓶白酒。因为司机一般都不是一个人来，有搭车的客人，客人另外掏食宿钱，我们就在这上面挣一些。

那是1990年吧，我的一个老乡叫李鸿民，干包工头，就劝我们说，你们不能尽卖卤鸡，得卖大盘鸡。没想到一卖生意就好得不行。那时候好像还叫"炒全鸡"，和辣子鸡差不多，1991年才叫的"大盘鸡"。那时候人口味低，肉鸡肉多油大，大家都觉着香。

1996年的时候，一些司机告诉我说，外地有许多饭馆挂"杏花村"牌子卖大盘鸡的，我就去找工商局，想把我的"杏花"注册了。工商局一查不同意，说是已经让河南的一家宾馆提前注册了，我只好注册了一个"坤林杏花园"，也没有啥意思。唉，那时候如果早点知道注册"杏花村"就对了，我几年尽给别人挣名了。

柴窝堡的大盘鸡，我专门去吃过，辣子比鸡多，刀功和味道比我们的差些，鸡肉一疙瘩一疙瘩，但政府支持，给建了一条街，专门卖鸡。他们说是大盘鸡的发源地，得由他们说，他做他的生意，我做我的生意，也管不了。现在外地很多人用"杏花村"，别人说让我找他们要钱，我说要什么钱啊，个人挣个人的钱，吃饱就行。

那几年大盘鸡名声那么大，沙湾早一点重视就好了。我们个人只能把鸡炒好，别的都干不了。

李春莲：生意最好的时候是1992年往后。那时候，大儿子在我们店西边，大女儿在东边，在隔壁各租了两间房子，也卖大盘鸡。我们一卖，儿子就没生意了，老张照顾儿子嘛，就定下规矩，每天只卖六十六只鸡，剩下的生意都让到儿子那儿去。那时候到我们这边来吃大盘鸡的人多,大女儿想吸引客人,就请了一个会写大字的,在她那个店的外墙上用大红油漆写了"大盘鸡发源地在此",还写"正宗大盘鸡"。我们老张一看就生气,说老子没成正宗,女儿成正宗了。

大女儿干了不到一年,就走了,店转给了别人。接店的人也卖大盘鸡,但把"正宗大盘鸡"那几个字拿白灰刷掉了,他们不敢用。

你说"满朋阁"说大盘鸡是他创出来的,他就说嘛。以前都在开食堂。那几年时间,大家都开始炒大盘鸡,外面的客人一车一车的来,管谁正宗谁不正宗啊,就看谁出名谁不出名了。客人认你才算数嘛。

我们老张炒鸡不保密,一共带出来四个徒弟,他们在外地卖大盘鸡都挣了钱了。那几年还有人到店里来,说是吃鸡,其实是想学手艺,到后堂去看,老张放开让他们看。老张不怕别人学,他说手艺不是那么简单的。

美食一事,品味之外,更有文化内涵与人文情趣融会其中。究竟是谁创始了大盘鸡,上网搜寻,说法更多。其中有一种说法来自不同网媒,认为大盘鸡与刘亮程有关。有的网友还以亲历者现身说法,历陈当年刘亮程与大盘鸡创制的现场故事。

大盘鸡创始那些年,刘亮程住在沙湾县城北郊写诗,大盘鸡在县城西郊炒得如火如荼。两样文化事件同时都在成形当中,相互借点香火,传点灵气,很自然不过。刘亮程坐在家里写诗,与外地诗友交来往复不断,来客了在家炒一顿大盘鸡下酒,或者把大盘鸡的做法较早地带到远地的朋友家里,同样很自然不过。

大盘鸡因为风味独特,制法又方便,一经出现便遍地开花,创的人也好,传的人也好,吃的人也好,似乎都来不及反应。沙湾地偏人自远,吃的只顾吃,卖的只顾卖,待"原创"的概念在脑子里出现,已是过去了五六年,大盘鸡被外地人抢先注册之后。在那些时间段落里,那个关于大盘鸡、关于大盘鸡好吃、关于大盘鸡赚钱、关于大盘鸡做法的种种消息如同闲话一般被公开而又秘密地传说着。谁传给谁的,谁影响了谁,谁又是谁影响的,一切尽在可能当中。刘亮程后来成了大名,名菜托个名人的名传名,也是中国人早有的习惯。因为毕竟时间、地点、人物、现场均得相符,若按照刑事逻辑推断,这个"案子"就只能是刘亮程做下的了。

大盘鸡有此佳话,空气里又飘一段香。

到底是鸡生了蛋,还是蛋生了鸡,这是一个关于渊源、关于先人后人的古老争论,没有人能够说得清楚。和最初的鸡或是最初的蛋相比,大盘鸡只有短短不到二十年光景,起源之争、首创之夺、正宗之战,就已经硝烟弥漫一片狼藉了。山南海北,僻壤闹市,还有万千"正宗大盘鸡"的招牌揭竿而起。好在大家都是以自家锅灶做战场,拿了香味做武器来隔空厮杀,最终便宜了大盘鸡这个赢家。

无论鸡生了蛋,还是蛋生了鸡,可以肯定一点,大盘鸡发展至今,历经演变,已经不是"满朋阁"1988年炒制的型色,也不是"杏花村"1992年传开的模样儿了。在大盘鸡趋于成型的过程中,几乎所有炒制过这道菜肴的店家都参与其中,留下智踪慧影。鸡孕蛋,蛋孵鸡,摒弃了谁都不成其美。现今,大盘鸡仅在沙湾一地,就有数十种不同配料、不同风味的做法,也都个个有喜欢的人群,这是大盘鸡的初创者所始料不及的,但却是适于市场生存的必然衍生,是一株旺硕之根百千枝条上开出来的五彩奇葩。大盘鸡精脉不失而传焉天下,变种分支正是它生命的动力。

真正的大盘鸡什么味儿?

我指了指街道两边喧嚣的店铺,对问我这个问题的人说——"只在此山中,云深不知处。"

正 宗 之 疑

以前去外地，每到一个地方，我有沿街看人家招牌的习惯，还真看到过许多好玩的牌子。后来特别留意各处大盘鸡的招牌，也都轻易就能找着。这里面有许多是挂着"正宗大盘鸡"字样的。店家听到问何以称得起"正宗"，一律的自豪表情贴在脸上，有答是沙湾学来的，有答是新疆人开的店。在河南商丘一家饭馆，老板说鸡是从新疆沙湾县买的，我没好意思问是空运来的还是鸡自己飞来的。老板看我们疑惑，扯着袖子叫我们到后院看鸡。那鸡不知是咋了，七八只全是有皮没毛的样子，老板说长途拉过来就成了这样。从鸡叫的声音里我听不出沙湾口音，老板自然敢于示人，许多人也就信了。倒是在蚌埠遇见一个自称是沙湾人的厨子，我一听就知是假冒。沙湾人多讲土话，有几个学说普通话的，也难以掩住吐星四射，一听就分得清来路。

其实这也不能说他们有什么不对。"正宗"的说法，若用在餐饮上，应该指的就是各种烹饪流派的嫡传者。而所谓嫡传，就是一代一代师徒间的直接传授，某种厨艺只有这样传下来的，才可以归于这种厨艺的正统之列。对于一种饮馔，这其实不易做到。大盘鸡"正宗"该是个什么样子，至今似是而非，谁也说不出个道道来。每个店都可以按自己的情况进入"正宗"。打着"新疆正宗大盘鸡"的，算是指名，那么凡新疆人开的、炒的或者直接、间接跟新疆人学过的，当算正宗。这虽已牵强附会，但也还沾边。事实上现在普遍认同的情形是：只要炒的是鸡，放了土豆，加了面片子，用大盘子装了，全都是当之无愧的正宗大盘鸡。

外地如此，沙湾怎么样呢？当地人可能或多或少知道哪一家店的鸡是什么味儿。外地的人，习惯于看牌子，从城东看到城西，城里的馆子看到村庄的馆子，即便一狠心向东看过了石河子，向西看过了奎屯，"正宗"的牌子一样不绝于路。如此遍地"正宗"，到了客人眼里，实已无"宗"可"正"，不过一律当做广告语看。对待这个问题，司机们的经验就很好，出门路上吃饭，不看牌子看车子，哪家门前面停的车多就进哪家。

事实上一直以来，沙湾有些名气的几家大盘鸡店，都没有真正直接送出去多少徒弟。尤其有了"机密"配方以后，后堂全由家人主勺，徒弟是难以掌握关键制作环节的。不难想象，各地揭牌而起的"正宗"迷局，有多少诡异隐藏其中。当然这不是否认外地厨师的才能和大盘鸡的味道，事实也一再证明许多大盘鸡餐馆自主摸索炒出了别有风味的味道，生意做得比沙湾本土的餐馆都要好。

沙湾县城向东，紧邻一个叫金沟河的小镇，有"千厨小镇"的称号，是说这里走出去了上千个厨子。这个称号，归功于大盘鸡。大盘鸡在沙湾县城吃香以后，金沟河乡村村队队的人闻风而动。他们或者相互交流一番,或者到县城有名堂的大盘鸡店吃上一次,要领掌握个八九不离十,就沿312国道向东向西铺展开,一路把大盘鸡店开下去。后来,在大盘鸡创始十几年后,金沟河的厨师创始了"大盘鹅",逐渐在沙湾县城西的公路边,形成了"大盘鹅一条街",有与县城西边的大盘鸡一条街争雄的气势。这是大盘鸡美食经验积累的结果,在一勺一勺炒制的过程中,他们各自有自己的正宗心得。

作为一种美食,尤其像大盘鸡这样流派四起已影响到其正确声誉的名馔,寻其宗而正之,是非常必要的。当然,我们知道,这个"正宗"的"正",已经不可能去要求谁"归正",只是一种正视,一种对创始对文化源头的情感和道德归认。

厨艺流传,饮食流变,千变万化。然而任何一门技艺追到最先的源头处,出处只有一个,可当其为宗。大盘鸡在沙湾出现以后,口手相传二三十年,各地的厨师有得其要领的,有以讹传讹的,有自创改进的,有融入当地风味习惯的,有形似而神非的,加上不同地方材料和口味的差异等变数,那些在大盘之中装着和被叫做大盘鸡的菜食们,早已孙悟空一般拔毛幻变,呈现出千姿百态。然而世间的奇妙真的并非我们尽可理喻,盛名之下,各有通途。那些遍布各地被叫做大盘鸡的千姿百态的菜食们,并没有太多人理会它应该是什么样子的。每个人进了自己相中的餐馆,那个厨师的手艺在他的眼中就是不可比拟的,大盘鸡端上桌子,一样被津津有味地吃个精光。

寻找文化,打破砂锅问到底,不该是大众的事情。大众只享用文化的结果。

大众是向前看的,随着社会而行进,不使传统中断,这是大众的事情。回头拾遗,只能少数人干,这是社会分工,正如整个社会都是消费者,而清理工有几个就够了。

我当前做的就是如何胜任一个清理工的工作。大盘鸡喧嚣尘起二三十年，沿着历史的来路，透过记忆的迷障，我努力地接近它的源头，梳理它的脉络。

二三十年间，无论大盘鸡已被炒制出了多少万计的盘数，也无论已经分出多少支权，还是流入异国他乡被改名换姓了，它的第一盘是必然存在的。

那是第一滴血。

一个在西部、在北方、在中亚乃至更加遥远的世界深受追捧的饮食产业的第一滴血液，在一间炉灶炽烈的火光中，渐渐映出了鲜红。

李士林其人

　　生活常常另有意味。前后和李士林谈过多次话。每次谈完,送他走,留给我的感觉是一样的:对人命的惊讶,怅然,无可奈何。我所询问和了解的,只是他半生当中仅与大盘鸡有关的一些简单情况。然而在那些细枝末节里,我又似乎寻访了一个人生就的命运。

　　李士林,1950年出生在江苏溧水农村,祖辈承袭一门烧窑制砖的手艺。新中国成立后窑室归公,手艺班底散了。李士林的父亲在1959年作为支边青年来到沙湾县,几年后进了县上一个烧砖厂。李士林是在1971年二十一岁的时候投奔父亲来到沙湾,然后进了天山,在一条山沟里的国营煤矿,干了十年下井挖煤的苦力活。矿上条件差,虽然开着职工食堂,但伙食差又不对口味。第三年李士林自己开灶做饭吃，同样简单的萝卜白菜，他能做成可口的一日三餐。一些工友经常到他的小破屋里去蹭饭，也有搞到鸡呀肉呀拿去叫他做的。

1980年，李士林从山上下来，在城郊的机关农场安家种地。一些很平常的机会，让他慢慢地把手伸向了那把后来注定要承载他一生喜怒哀乐的大勺。

李士林的父亲古道热肠，喜欢做一些帮助别人的事，在当地有些人缘。1983年的时候，李士林父亲的一个朋友儿子结婚需要请厨子，叫李士林帮忙打下手。后来这位朋友的女儿结婚，继续请李士林帮厨，大师傅就是当时县城里有些名气的厨子魏师傅和葛老三。两次下来，到1984年这位朋友的第三个孩子结婚，一商量，决定不请厨子，就让李士林来做了。李士林至今清晰记得那次开席二十桌，酒菜当场受到大家的夸奖。那以后亲戚朋友有婚丧宴都请他去，随着手艺慢慢见长，他也成了当地有点名气的乡村厨子了。

1985年的时候，李士林的一个姓袁的亲戚在乌尔禾开饭馆，雇李士林去掌勺。到第二年的春天，那个亲戚另有事做，把饭馆包给了李士林。那时候路边的饭馆还没有兴起吃鸡，主要用牛羊肉炒菜烧饭。半年时间下来，李士林把那个冷清的饭馆开得异常红火，到年底，那个亲戚眼馋，又收回去自己干了。

回到沙湾，李士林琢磨着自己开个饭馆，只是本钱有些短手。过了一冬，到1987年的春天，李士林在县城老商业局附近转悠的时候，遇上一个熟人在那里开馆子，正缺大师傅，李士林就又打起了工。几个月过去，李士林提出把饭馆承包下来他自己干，那个熟人同意了。在那个饭馆里，李士林炒小盘鸡，做清炖鱼。

到那一年冬天的时候，李士林在这个馆子里做出了大盘鸡。

和前次乌尔禾时候一样，生意一好，主人收店。这时候的李士林手头已经有些钱了,就近另择店面,于是有了自己的"满朋阁"牌子。

以后的十几年里,李士林背着这块"满朋阁"的牌子几易其地,怀着他创制大盘鸡的手艺,追寻他的大盘鸡在"满朋阁"里热火朝天的红火景象。然而让他无法心甘的是,一年一年里火了本地火外地,那么多人拿他创制的大盘鸡品牌赚钱盖楼买车,而他却连盘下一个像样的店面、体面地挂起他"满朋阁"牌子的钱都没有挣下。

命运似乎总是对他阴差阳错。他自己也觉着像是进入了一个怪圈,一大堆悖反的东西在他以后的生活当中迎面而来。

先说他这个人名,乍一听,似个白面秀才,其实李士林只读了初中。虽然后来在城里做个体户,一直都是农民身份。

再说他的店名。要说"满朋阁"这个店名,起得还是不错的,给人直接的印象,是在城市街巷里一处古色古香的楼台门面,供应精美小炒,红酒香茶。然而他的这个店名,一开始却是起给郊区路边的大盘鸡馆子。据说当年李士林的朋友老蒯帮他起店名,在一张纸上写下了几十个名字叫他挑选,李士林一看就选中了"满朋阁"。如今十几年过去,"阁"也无,"朋"也缺。相比之下,靠大盘鸡做成了大生意的"杏花村"就不一样,店名天生带着农家风俗,郊野气味,而且暗借着那首有名的古诗鸣锣开道,不想被他店到处冒用,后来干脆叫别人抢先注册了。

论音貌形象,李士林是个地道的新疆汉子,也说一口沙湾土话,尤其为人固执自信,活脱脱一个老新疆人性格。事实上他江苏生江苏长,二十几岁才到的新疆。说是江苏人,没有江苏人的灵活善变,一个大盘鸡的口味纹丝不动坚持了二十几年。

他初创大盘鸡,而且最红火的那两年,"满朋阁"所在的地方属于城郊。后来城市扩张,加之应付急剧增长的生意又需要宽阔的场地以方便司机停车,沙湾大盘鸡的主卖场逐渐西迁到"上海滩"并形成地标卖场的时候，而他却背离了这个本来就是由他开创的市场方向，自已搬到城东，自寻冷清一两年，此后无可挽回地走上了下坡路。

大盘鸡店主要做过往行人的生意，开店讲究面路、敞亮，以便司机早发现，减速和找路口下路。各地的郊区都一样，饭馆前面即便有林带，也是稀疏的一些矮小树种。李士林后来几次搬店，不是选在坑里就是掩在树后头，等司机发现，车已经停到别人的店门口了。

李士林的大盘鸡红火的那两三年，正值初创时期，一盘只卖十几块钱，他积攒的财富并不多。等到大盘鸡名声叫响了，开始一个劲地涨价赚钱的时候，他却搬了店。他本想着会有老顾客跟着过去，没想到客人认店不认人，没几个人上门追着他这个老店。

大盘鸡在出现以后经过多年的探索积累，以土豆为主要辅料和配皮带面的模式被普遍接受和定型。这种选择一来是顾客的口味要求，二来撑盘子显实惠。然而李士林没有接受，人家一个小山包一样端出一盘菜的时候，他却是不显山不露水的那一盘子，尽管香味有余，但是在量上已经被比下去了。

按说厨艺求变，竞争又须知己知彼。"杏花村"的张老爷子生意兴旺的时候，还时时专程去外地和本地生意好的店里吃吃人家大盘鸡的味道。而李士林只相信自己的，二十年没有一次去品尝过别人炒制的大盘鸡啥味道。他说那些人改来改去，他看不上。他不知道的是，口味是个时尚东西，改革开放的年代，人们追衣装，追娱乐，追口感潮流，他不改，大众口味早另觅新欢了。

李士林创始了大盘鸡，这是多少人求之不得的无形资产。然而等他几年以后醒过神来，创始人的名分已经是别人的了。李士林后来对别人说大盘鸡是他创始的，就连许多沙湾本地人都不相信，笑话他挣不上钱回来争名了。他看重的名分丢了，他一年一年梦想的红火生意，一年一年落空了。

他的一个好朋友一直为他的遭际想不开,我问他的这个朋友:"李士林为啥没有做成?"他似乎是反问我的回答,说:"是他搬来搬去跑得快了命没有赶上,还是他反应慢了些,叫好命前头走掉了? 大盘鸡的钱好像不该他挣。"

李士林的另一个熟人曾对我说了这样的话。我清楚地记得他说话时自言自语的神情:"可能有报应呢,自打有了大盘鸡,被杀生的鸡太多了。"

李士林应该算是一个好命,他历史性地创始了大盘鸡,给整个世界造下了一个大口福,也会给自己留下一个千古之名。这应该是一副好头脑才能成就的。但也有人说,他的脑子就这一下用光了,所以后来尽干没脑子的事。

对他这个人来说,大半辈子过去,前面的一切已经摆在面前了。无论怎么说,生活总是和好运差着一点儿。就差这一点儿,便是天上地下。

他的另一位熟人把这一切后果归咎于性格,认为李士林干什么爱弄个"反反子"。这是一句新疆土话,意思是故意唱反调。

这人给我举了一个例子,说:"人家古话都说千滚豆腐万滚鱼,你看他做鱼,十分钟不到就出锅,还说不能滚,一滚鱼就老掉了。"

我为鱼的事情考证过李士林。李士林给我说了一个事例:1988年的时候,他在鱼市上买回来一条十一斤重的大头鲢鱼。晚上大泉乡几个村上的队长来了,可能有八九个人,看见这条鱼就让全做了。他换了一口大点的铁锅,十几分钟就把这条整鱼端到了桌子上,那些人吃得汤干肉尽。另有一次,几个客人点了鱼后认为好吃,要他再做一条。他按例拿来活鱼叫客人看了,没有十分钟把鱼端了上来,那些人不愿意,说是把别人的剩鱼给他们了。他左解释右解释,客人就是不信,他就到后堂做给他们看,结果他们佩服了,夸他做鱼是一绝。

李士林做清炖鱼的绝技，是把鲜鱼、凉水、调料一起下锅，待水滚起来三四分钟就起锅。他认为滚的时间一长鱼肉就老了，汤的鲜味也丢失了。他做酸辣鱼、红烧鱼的时候也是用大火久炖，清炖鱼就相反，找准热熟刚入鱼、鱼味刚入汤的当口立时起锅。人们都说哈萨克族人煮的羊肉特别香，我见过他们煮肉，也是肉和凉水一起下锅。

　　就这一招反着来，他弄对了。

第三辑

地之物华

土生土长大盘鸡

《吕氏春秋·本味》有这样的一段记载：汤得伊尹……设朝而见之，说汤以至味。汤曰："可对而为呼？"对曰："君之国小，不足以具之，为天子然后可具。"

大意是说，商汤王当初在得到后来佐其灭了夏桀的伊尹时，设朝举行见面礼。席间伊尹为商汤王讲述最美味的食品。商汤王说："可以按你所说的方法现在就去制作这些美味吗？"伊尹回答说："您的国家太小，不足以凑齐各种原料，只有当了天子以后，才能够具备这些原料。"

美味的食物是由良好的原料撑持的。一方美食的出现，其实仰仗着一方物产的丰隆。大盘鸡是多种蔬菜与鸡肉搭配烹制而成，其选择在沙湾出现，可谓绝非偶然。看一看大盘鸡的主要原料，就可以明白此言不虚。鸡各地都有，品种也很多，大盘鸡采用的是最普通的农家鸡，地域差异不明显，且不说。而主要的几种配料，如洋芋、大葱、干辣椒和青辣椒，情况就大不相同。这三样蔬菜均盛产于沙湾，且因品质独特，有的享誉南北疆，有的行销国内外，已负盛名几十年。就连沙湾炒制大盘鸡所用的葵花籽油，当地也有优产，名声极大，十几年来一直是乌鲁木齐及周边城市的主要供应地之一。1990年北京举办第十一届亚运会，被指定作为运动会食用专用小麦的，就有产于沙湾的一种硬质小麦。沙湾有丰富的水土光热资源，从山区到平原不同的温度带都有适于生长的优良物产，生态农业在全国也是榜上有名。大盘鸡所需三样主要配菜盛产于一地且品质极佳，在新疆也许再选不出第二个地方了吧。

美食是食材的相遇。伊尹对商汤王说，等您当了天子以后，才能吃到这些美食，其实讲的就是地域对美食的限制。我们现在享用的大盘鸡，在数百年前无法想象，不是因为烹饪技术，而是因为食材不能相遇。在土豆、辣椒进入中国来到新疆以前，大盘鸡的时代只能排队。

不同地域的阻隔消除，食材可以相互引进，就会有一批新的美食出现。不仅大盘鸡的出现必须等待时代变化，现在火热的其他一些鸡的烹饪，调料也不是当地所产，在以前一样不可能出现。上古时代那个彭铿为帝尧烹制的野鸡羹，除腥、调味只能就地取材，能有多好，一定不能拿现代人的口感审视。

外地客人慕名到沙湾品尝"正宗"大盘鸡，多认为沙湾厨师手艺地道，制作精细，口味与众不同。而事实上，他们在沙湾享受了正宗厨艺的同时，真正入口品尝的还有原产地货真名实的肉品和菜品。沙湾是大盘鸡的故乡，也是大盘鸡每一味可口菜品的真实故乡。说沙湾大盘鸡就是从沙湾的土里直接长出来的，也不为过。

除大盘鸡外，沙湾的烧鹅肉、炖羊肉、拌面、丸子汤及各种炒菜在外地人那里也有极好的口碑。尤其长途汽车司机,多赶路也要在沙湾用餐。吃到上好口味的同时,他们吃到的还是上等品质的粮油菜肉。

沙湾饭菜的名声打出来后,许多沙湾人到外地去开饭馆,一部分就挂出了沙湾的招牌,都有很好的生意。1994年,我与同事驾车从连云港沿312国道返回沙湾,一路约好只进打沙湾招牌的饭馆吃饭,几千公里过来竟然只误了两三顿饭。印象深的一次是在咸阳,一次是在张掖,见路边有"沙湾大盘鸡"的招牌,就进去点了吃,结果除了盐味和呛人喉咙的小尖椒的味道,没有多少大盘鸡的影子。问:"你们知道沙湾大盘鸡吗?"答说:"知道,就是用沙湾的鸡来炒,我们都是用沙湾的鸡来炒的。"竟然连沙湾大盘鸡的概念也没搞清楚。而所见生意做得好的餐厅,一个是从沙湾出去的张凤兰两口子在洛阳开的,专卖大盘鸡,每天收毛利三千元,原打算挣点钱就回沙湾,后来干脆一家老小都搬了过去。另一个是在兰州"蓝天宾馆"下面吧,伙计说老板原来是沙湾六车队的,人不在。他的鸡炒的其实是辣子鸡。那一阵子大盘鸡从沙湾刚传出去不久,大多还都打着创始地的名号,后来新疆各州县都有人去内地开店做大盘鸡,挂"新疆大盘鸡"名号的才多了起来。

那次我们一路上看见挂有"沙湾大盘鸡"牌子的店进过六七个,有三个是真正的沙湾人开的,其他都是假的,一聊就露馅了。

沙湾人到外地开店卖大盘鸡,干辣椒一般都是从沙湾采购。我知道一位沙湾到库尔勒开大盘鸡店的,一年要从沙湾安集海买六卡车辣皮子,他一家人在那里做着半条街的大盘鸡生意。其他的配料,就只有选用当地生产的了。其间一些用心的师傅,会根据当地蔬菜与沙湾菜的味差,用调料仔细调剂,以便让做出的大盘鸡接近本味。有些就没这么讲究了,按部就班地去做,更有的以讹传讹去炒制,已经不是那个味,有挂羊头卖狗肉之虞,但当地人喜欢,就无话可说了。

农家媳妇

现今，沙湾农民备冬三件事，按当地人自己的话说，叫"煤拉下（新疆土话读hà），菜压下，肉宰下"。各家在天冷以前，把冬煤储存足；在天刚刚冷的时候，用大瓦缸把酸菜、咸菜腌了，用石头压起来；等到下头一场雪起，汉族人开始宰猪，穆斯林群众开始宰牛宰羊，叫冬宰。农村人冬天很讲究吃，这些都是为吃准备的。不这样不行，"冬天吃肥，夏天熬瘦"。一个农民，如果一冬天过去还不能养好身体，第二年坚持不到秋收完，身体就会垮掉。

在农村，冬天的大事是过年，家家户户轮着请客喝酒，再加上远处来走亲戚的，一般户大一点的人家，初一到清明前后请上十次八次客是常有的事。

过年"男人看手上的，女人看灶上的"。手上的指划拳喝酒,灶上的指炒菜做饭,因而年关对农村媳妇是个考验。以前冬菜全靠腌制和窖藏,家家也就白菜、萝卜、洋芋、大葱那几样,肉的种类更少,谁家菜做得好,全靠女人的厨艺。一个春节过完,村上几圈吃下来,高低好赖就出来了。受到大家称赞的,男人女人都风光;饭菜不可口让人传了闲话的,花钱买丢人。男人找女人出气,女人受不住委屈跑回娘家,其实是回炉深造去了,直到把简单的菜料做出美味来。

那个年代,冬天上面有干部下村,或者来了工作组驻村的,"同吃同住同劳动",由村长指派一户人家安顿吃住。一般村里都不会随便指派一家人,要选能长面子的人家,首先村长自己得看得上那家女人的手艺,因为村长一般要陪同的。以前,上面来的干部一般只要听说要去的是个"老新疆人家",都会很高兴。老新疆人讲究饭菜,平日吃顿拉条子,要炒热菜、炸韭菜、滚辣皮子、油泼蒜,从来不凑合。近年来新疆许多餐馆推出一种"豪华拌面",其实就是照搬老新疆人的拉条子吃法。

十几年过去,现在城里人依然感觉只有到农村人家里去,才能吃到地道可口的饭菜,这些都是有原因的。"好厨子在乡下",这话一点不假。在新疆,农村男人在家里做饭的不多见,但村村都会有几个爱在灶上摆弄的,时间久了,十里八村的就会出一个厨子。农村人操办婚丧酒席,都是请当地的厨子在院子里现场做,现场吃,那个味儿,是城里任何一家酒店的酒席都比不了的。这可能也是近年来农家乐、牧家乐越来越受城里人欢迎的原因吧!

乡 俗 好 厨

北方草原地带在产生文字以前，文明主要靠口头传承，这就导致历史的记忆经常被各种因素打断。沙湾地域有文字的历史记载零星散落，搜集到一起，一看竟是一部饮食史。

沙湾饮食文化可谓源远流长。三四千年前的沙湾白杨沟岩画，就有畜牧养殖的场景描绘。沙湾宁家河出土的春秋、战国、秦汉时期的石器、陶器、青铜器、铁器，大多是饮食工具，反映了当时沙湾地域居民饮食的讲究和精美。

唐朝时期出现戍边将士、过客等关于沙湾地域的文字记载，多次提到饮酒、食物。先是在沙湾安集海一带设清海军城，筑城、修渠、屯垦，后在今沙湾乌兰乌苏区域设置西海县，繁盛一时。再往后，据《中国历代名刹、高僧简介》

卷(十一·四)记载,元、明时期,现沙湾天山北麓蒙古庙一带,当时的地名叫"霍洛㳠斯",在这里建立了一个文化中心,主要用于传播佛教。其中"一座名叫'额热尼哈毕尔格却进林'的大寺院,院内设有法相扎仓、密乘扎仓、密宗扎仓、医学扎仓、时轮扎仓等几所扎仓。当时该寺院的建筑艺术、规模范围不低于哲蚌寺"。

这里说的"扎仓",是藏语,就是学院。也就是说,当时沙湾天山蒙古庙草原上,设置有医学院、经学院、天文历算学院等,与之配套的人口、经济规模可想而知。

到清朝时期,沙湾更是拥有唯一汇集了北疆最重要四条驿路的特殊地位。这四条驿路分别是:

迪化(今乌鲁木齐,下同)——乌兰乌苏——安集海——伊犁方向;

迪化——绥来(今玛纳斯县,下同)——沙湾庄——沙门子——小拐——阿勒泰方向;

迪化——沙湾庄——沙门子——小拐——塔城方向;

塔城——小拐——科布多方向。

清乾隆年间,因战争需要,清政府在沙湾域内设乌兰乌苏军台、安集哈雅军台。新疆建省后,各路军台、营塘统一改为驿站。到光绪年间,清政府开辟第六路绥来北至阿勒泰的驿道,设驿站八处,其中沙门驿、新渠驿、小拐驿、三岔口驿、唐朝渠驿五处驿站在沙湾境内,是驿站最集中的地方,这与当地富庶的物资保障有关。

沙湾历史上最传奇的驿站叫"铁门槛",在现在的老沙湾至小拐一带的玛纳斯河左岸上。铁门槛的兴衰与连接阿尔泰山的黄金驼道息息相关。

古代内地乃至迪化通往阿勒泰贸易黄金或者其他旅行,由于古尔班通古特沙漠阻隔以及遍布的森林容易导致迷路,通常凭依玛纳斯河河道向北而行。铁门槛驿站的得名,出自这个漫长时期。

铁门槛驿站名称的来历有两种说法。一种是说,铁门槛由一个小客栈发展成为黄金驼道上的黄金大驿,由于常年门庭若市,驿站大门的门槛经常被踩坏,店主就专门打制了一副铁板门槛,成为一个不同于其他驿站的显著标志,久之流传为驿站名称。另一种是说,这一带驿站盗匪凶险,肥进瘦出,门槛难过。当地流传下来的故事说,铁门槛驿站专宰生客,遇到内地去阿勒泰贸易黄金的商客停宿,好菜好饭好酒招待,让客人不忍离去。待商客买了黄金辎重回返,美滋滋地再来投宿,就有进无出,永久失联了。

"万里丝绸路,闻香识沙湾"。清代四条驿路交会的沙湾,带来了东西南北的美食经验,沙湾的驿站成了远乡异客大饱口福的休憩家园,许多来到西域的诗人、名士,留下了游记、诗作、书信,这些文字有一个普遍的现象,就是一路写过来,其他地方多记载自然风貌、风土物产,唯独到了沙湾,他们偏重记载饮食特色、食物品种、用餐感受,感觉穿越西域,只有沙湾美食留给了他们最美好的记忆。

民国时期,沙湾几处大的车马店都是很会做生意的。为生计兴隆,店家在吃的口味花样上、在住得舒适安全上,暗地里相互都有竞争。他们有时候会向内地的客商请教,慢慢吸收了不少烹调心得,对南北东西的美味佳肴也有了大致的体会,许多技艺随之流传到周边村落。

抗日战争时期,蒋经国路过沙湾,对沙湾粮食种植充足、粮油贸易兴隆备加赞赏。根据现在可以看到的一些记载,民国时期的沙湾,无论原来的县城小拐,还是搬迁后现在的县城沙湾,名厨、名菜、有名气的馆子,这些不是在当地有名,而是在全疆有名。

1959年,新疆维吾尔自治区在哈密举办了一次全疆范围的厨艺大比赛,沙湾县派厨师代表参加,"好省食堂"的汤万成、石师傅,"民族食堂"的尕师傅和沙湾县大泉乡的彭寿章几个人大出风头,一举捧回了全疆厨艺的最高奖项。

　　现今沙湾乡村的农家妇女，能做一手好拉条子，能炒几个好菜，似乎是个标配。厨子在沙湾是受人尊重的，尤其在农村，厨子在能人、名人、红人的范畴。很多依然在农村的婚丧宴上做流水席的厨师，随手炒制几样家常菜，都极得味，说明美食烟火，遗风不绝。

沙湾原是一只碗

沙湾以食得名，以食闻名。

怎么个以食得名？

沙湾县的称谓来自一个老地名"沙湾庄"。清代的《新疆乡土志》记载，清朝时期沙湾庄东界玛纳斯河，西界九间楼（现奎屯河），南界肃州户（现沙湾安集海水库一带），北界小拐（现克拉玛依市南）。这个范围几乎囊括了北疆中部最肥沃的几个河流冲积平原。

而"沙湾庄"这个名称，来自蒙古语地名"萨瓦里"。在清代中期文献《乌鲁木齐政略》里，记载沙湾以前的地名为"沙拉托海"，"托海"的意思是"大的河湾"，"沙拉"则与"沙湾"一样，属于对"萨瓦里"这个地名翻译的不同版本。

"大的河湾"指什么地方？玛纳斯河出天山后一路向

北,穿过现在的玛纳斯县、石河子市,在沙湾的柳毛湾一带抵达古尔班通古特沙漠南缘,受巨大沙丘群阻挡,沿沙漠边沿突然转向西北,直到现在克拉玛依市的小拐、大拐,又蜿蜒北向。而在沙湾境内转向西北的过程中,由于沙漠的参差交错,河流也迂回徘徊,在巨大的河湾里,还出现了无数的小河湾。而这些大大小小的河湾形成的迟滞,每遇洪水季,就会导致河水泛滥、泥土淤积,使大河湾冲积扇的土层深厚而肥沃,由此造就了沙湾北部农区得天独厚的绿洲资源和景观。蒙古有一个流传了千年之久的"七个托海"的"人生地理"故事,沙湾的"萨瓦里托海"是其中的一个。

"萨瓦里"又是什么?是用结实的榆木疙瘩做的一种带短把的大碗。这是一种专用的粮食器具,只用来从口袋里面掬米掬麦子掬面粉,也用来从马奶酒桶里面舀酒,在草原上有神圣的象征意义。"萨瓦里"的神圣性在于,它从口袋、酒桶里面出来的时候,必然是满的。它不能空着出现,不能空着摆在那里。空着说明粮食、牲畜、财产的枯竭,按照草原的习俗,这预示灾荒的到来。

只要这个碗里有粮,就谁也不会心慌。

地名学者说,古代草原民族以各类食用器具做地名的现象很普遍,然而拿"萨瓦里"这个神圣的粮食器具作为地名,独此一地。这与当地食物资源在漫长的历史时期曾经源源不断供给了周围草原部落的生存所需有关,与某些大饥荒年代唯独当地留存了粮食并且挽救了人们的性命有关。

北疆草原留下了这样一个传说:萨瓦里这个地方,是天底下唯一一个没有饿死人的地方。这个传说以及"萨瓦里"称谓的寓意,和内地文献有记载的沙湾屯垦的历史以及盛产粮食的史实是非常吻合的。

资源匮乏的时代,粮食代表话语权。史料载,1929 年,沙湾庄的农商户,做了一件现在看来非常离奇的事情,他们联名向新疆省府递交了一纸请求,要求省府批准沙湾县府由小拐迁至沙湾庄,即现在的老沙湾乡驻地。请求理由是"县府地居小拐,距沙湾(注:当时指沙湾庄,即现在老沙湾)尚有三站途程,距安集海、博尔通古各处复有五站七站之遥,名不副实,呼应不灵"。

而更离奇的,是民国政府批准了这个请求,竟然真的把沙湾县府迁到了沙湾庄。

沙湾立县的时候,县府没有设在沙湾庄,这让沙湾庄的巨商大户们不舒服了好多年,尤其还把"沙湾"名字拿走,他们更觉得脸上挂不住。在当时,沙湾庄的这些老商户老财主,是看不起比他们穷酸许多的小拐的那些移民新贵的,而且安集海、博尔通古各处的实力人物、殷实人家,平时逛街、走亲戚、了解议论时事多到沙湾庄,而不愿去小拐这个沙湾县府。外地的人找沙湾县府,也是到了沙湾庄,才知县府原来在小拐。这些不是,沙湾庄农商在请愿书上用"名不副实,呼应不灵"陈情,也算恳切。

民国时主政新疆十八年的省主席杨增新,在其《补过斋文牍》当中记载,沙湾庄一带在沙湾1916年建县以前即"人口众多,商贾络绎,尚称繁盛",建县以后,仍是沙湾的经济中心,确实富可敌县。

老沙湾镇现在有许多与"渠"有关的地名,大多数是历史的遗存,也是历史的一种记忆。有史料记载,老沙湾历史始于唐朝,在玛纳斯河中游,即现在的老沙湾片区至小拐一带,唐朝中央政府有规模的安置军垦、民垦,把内地先进的农业种植技术、灌溉技术、粮油加工技术,以及美食、酿酒文化带到这里,使这一带迅速成为一个战略重地。在以前的地图上,还保留有"唐朝渠"的地名。元代及以后的七百余年,西域北方的蒙古族人,把这一带称作"萨瓦里",与元代及随后的准噶尔时期在这里延续唐代的农耕业有关。清朝收复西域,建立新疆省,开始了又一轮大规模修渠垦殖,沙湾庄作为北疆一个传承且没有中断的农业中心,有了"肉库、粮仓、油缸"的美称,也留下了"太平渠""皇渠""移户渠"等这些地名。

1929年县政府迁到老沙湾后,沙湾庄街道扩展,商铺、作坊林立,粮、油、百货商品远销塔城、阿勒泰及国外。当时沙湾庄的洋油(煤油)、洋火、洋布、洋炉、洋糖等洋货一应俱有,住在街上的人也一时洋气十足,以先用这些"洋"货为荣。

沙湾地处北疆要冲,古代驿站有名且多于其他地方,主要原因在于这里能够供给各类物资,尤其在这里筹备的旅途食品,受到旅客商贾喜爱,这又反过来促进了当地的美食发展,精细加工食物的程度就比其他地方高。当时的沙湾庄(萨瓦里)还有粮食的深加工,酿酒、酿醋、压榨各种食用油,每年大量供应塔城、阿勒泰、伊犁、迪化等地。古代沙湾驿站餐饮独特丰富,汇集了五湖四海的美食经验,沙湾现在餐饮传统延续的根在这里,这也是沙湾大盘鸡诞生的人文渊源。

新疆建省到民国时期,以及新中国成立前三十年,沙湾始终是能够"粮食稳疆"的核心产粮大县。1960年,沙湾县东风公社(现老沙湾镇)收获粮食两千零八十万公斤,国家奖励汽车一辆,周恩来总理为此亲笔签发了奖状。

以前沙湾的农产品是沙湾人的高级礼品,大葱、辣椒、皮牙子、洋芋、红薯远销周边地区,到大城市探亲送礼,有"一袋红薯,半两黄金"之说。现在我们知道,沙湾土壤富含硒,食材含硒量之高全国罕见。硒是有名的防癌、长寿稀有元素,可是以前人们并不知道这些,就对沙湾产的食材、食物趋之若鹜,着实让人浮想联翩。

大 葱

日常喜爱吃葱的人很多,但大都是用来调剂口味的,忽视了对大葱营养价值的关注。葱富含钙、磷和维生素C。大葱常食,不仅促进食欲,还有防病健身、减肥增热的功效。有人曾用葱管内的黏液与海米同食,认为可以滋阴补阳,治疗腰疼等病。近年来,已有许多国内外专家对大葱的辛辣味和香味进行研究。日本学者铃木正成先生认为,大葱中的辛辣味来源于有机硫,尤其葱白部分含有大量大葱素,不仅产生刺激气味,还能刺激甲肾上腺的分泌。甲肾上腺是一种荷尔蒙激素,受到刺激可以促进人体脂肪的分解。而人的胖瘦取决于人的脂肪积累程度,往往胖人脂肪层厚,瘦人脂肪层薄。如果多食大葱就会增强人体热能的释放,从而消减脂肪的积累,达到减肥的效果。

就科学的结论看,大葱减肥的效果可能更优于其他功能。如果研究成果确切,不知今后女人每天剥一根大葱满街大嚼,会是什么景象。

沙湾安集海的大葱比辣椒出名要早。20世纪80年代起,安集海辣椒的品味被广泛认可,名声盖过了大葱。但大葱依然是周边地区秋季采购的上等货品,现在已经和辣椒一起通过国家绿色食品的认证。

我知道安集海大葱有名是在1988年。那时候我一年四次要去塔城上"业大",开销入不敷出,一月一百多一点的工资,经常没有回来的路费。一次开学不久,我们在塔城一条巷子里包伙的食堂老板知道了我是沙湾人,就问我安集海蔬菜的价钱,我才知道安集海蔬菜那时候对塔城人过冬意味着什么,也暗暗知道了两地大葱的差价。第二年秋天又去塔城上课,我提前三天请假,向朋友借了两千块钱,许以利息,又找了车队一个熟悉的司机,答应给他比平时高出一定额度的运费,两个人开着货车到安集海,用每公斤一角三分的价钱买下十五吨大葱,正好装了一主车一挂车。第二天赶到托里县城吃午饭,吃最好的一碗三块钱的羊骨头粉汤。吃完没钱,问大葱要不要,店主问是哪儿的,答沙湾安集海。好,要。卸下两捆,老板乐不可支地拎走了。到塔城东门外,找见批发商,一公斤四角五分发完货,付运费六百元,扣留要归还的借款本息两千多块钱,净挣近四千块钱,天天请同学吃饭,喝好酒,抽好烟。

安集海大葱葱白长、实,大葱素成分充分,切一寸余的短截待大盘鸡将熟的时候加进去,至半熟出锅,青白完整,脆而含汁,味甜润中略含辛辣,本味不失,完全不似一些内地来的大葱一烧就成了甜白菜面芋头。加之鸡肉汤汁的浸润,许多客人上来第一口就吃这个,开胃口,提兴头。

洋　芋

　　沙湾人称土豆为洋芋。西北人都这么叫。可在台湾土豆指花生。叫土豆不是嫌弃，而是缘其产于土中。倒是叫做洋芋更恰当些，这东西还真是个舶来品呢。

　　国人尊洋芋为国菜，是历史选择的。洋芋不仅是菜，还曾经是粮，救过无数人的性命。内地称甘肃人为"洋芋蛋"，本来带着贬义，甘肃人不恼反乐。"洋芋开花赛牡丹"，甘肃人就爱以洋芋为荣，属于不忘本的。

　　现今年轻人的眼里是看不见洋芋的，这种土不拉叽的东西从来没有以一种重要的事物进入过他们的生活。生活好了，不足为怪。我们这辈人往上，几乎每个人提起洋芋，都是一片热乎乎的记忆。小时候天一黑，先在灶膛的热灰里埋几只洋芋进去，就出去玩耍了。待天黑透回家，拿炉钩子扒出来，外焦内软，又沙又面，磕一下，冒一股香气也冒一股灰，大人看得馋了，也凑过来抢一只，吹灰拍土，伸长牙咬一口，烫得咽不下吐不得，张大嘴巴扑扑地直呼大气。洋芋就是要趁热吃，越烫越香甜。童年记忆里，烧洋芋便是最美妙的夜宵了。

洋芋富含碳水化合物、蛋白质、矿物质、维生素等，食之和胃、调中、健脾。父辈们的好身板，要给洋芋记一功呢。

沙湾县博尔通古、元兴宫一带海拔较高，气候凉爽干燥，土壤松软，不仅适于洋芋生长，而且出产的洋芋又沙又大，本味浓郁，自20世纪六七十年代起就声名远扬。一到收获季节，塔城、克拉玛依、石河子，甚至乌鲁木齐都有单位自己开车来收购。那个年头司机是最吃香的，拉谁家的洋芋他说了算。主人例行的招待是宰一只芦花公鸡，用新鲜洋芋先炒后炖，拌拉条子吃，司机第二年一准还来。沙湾本地讲究一点的人至今仍然非元兴宫、博尔通古的洋芋不食。有的人家，自然是陕甘籍的老乡，秋天买几麻袋地产的洋芋埋到菜窖里，吃到第二年接茬。

洋芋烩入大盘鸡，味道尤其好吃。但洋芋与大盘鸡结合，经历了一个过程。创始时的大盘鸡没有配洋芋，后来有店家开始加洋芋，是切成片，鸡肉收汤时与青辣椒一同加进去。这种做法的缺点是待洋芋熟透，就已经煳锅，不待煳锅，洋芋里层又熟不透，两难之下取其轻，所以吃起来略显板硬，入味也不够充分。1998年的时候，沙湾城郊"上海滩""艳香饭店"的老板娘石艳香，在烹制大盘鸡的时候偶然发现，整块的洋芋在和鸡肉一同经高压锅压制出来以后，在色、味、沙三个方面，能达到内外层惊人的一致，已然把这一菜品的口感提升到一个新的境界。但其后相当长的一段时间，他们并没有采用这种炒制方法，因为洋芋的物性始终把握不好，每回尝试，不是火候不够，就是洋芋糊烂。到1999年，他们终于发现了秘诀，平常因为表皮泛麻的洋芋炒菜爽口，购买的时候，就把青皮、白皮的挑出去不要，而事实上，正是这两种被人嫌弃的洋芋，可以解决与鸡肉放在高压锅里一起压制出现的所有难题。后来许多吃了这样烹制的大盘鸡的人，认为这是迄今所发现的洋芋最为美味的一种搭配方法。

洋芋不仅国人爱吃，还是世界级食品。16世纪时，西班牙殖民者从南美洲安第斯山一带将其带到欧洲，因高产和易于管理，很快普及，17世纪时已成为欧洲最重要的粮食作物。1840年欧洲爆发了一场洋芋枯萎病，导致整个欧洲粮荒，其中粮食完全依赖洋芋的爱尔兰经济受影响最大，饥荒造成近一百万人死亡，几百万人被迫移民美洲。

洋芋传入中国是在17世纪，由于非常适合在原来粮食产量极低、只能生产莜麦的高寒地区生长，很快在东北至西北区域普及，成为贫困阶层的主要食品，还对中国人口在此后几个世纪里持续的增长起到了重要作用。如此有功勋的食物，难怪秘鲁和智利这两个国家曾经对土豆原产地到底归于谁家而大打口水战。

辣　椒

1

许多人也许不知道,辣椒刚传入中国的时候,是一直被当作观赏植物的。

无论是明末的《遵生八笺》和《草花谱》,还是清初的《花镜》,所载述的辣椒都主要是供以观赏。就记述来看,当时引进的是圆锥椒,但后来人们作为观赏栽培的主要是樱桃椒。樱桃椒这个变种各地都有,果实呈圆形,向上生长,一果自花落至成熟能随时转色,所以一株之上,青、白、黄、紫、红等果实可以同时存在,挂在绿叶间,甚是好看。一次我去拜访一位前辈,在他家里看到阳台上摆了很多种植在花盆的樱桃椒，这是我第一次看到这种东西，老人家见我喜欢就送给我一盆。可惜那东西是草本植物，辣椒熟了，杆也枯了，第二年便忘了种。

辣椒作为一种蔬菜开始被中国人食用，已经是清朝康熙年间的事了。

现在我们所称的"五味"为酸、甜、苦、辣、咸。其实古时候的"五味"是酸、苦、辛、咸、甘，辛指的是葱、姜、蒜，并没有辣。清朝中后期人们开始吃辣，才用辣统称了所有辛辣食物。史料记载最初吃辣椒的中国人是在长江下游，即所谓"下江人"。《红楼梦》所著述的人物生活在清朝乾隆年间，书中凤姐已有"辣子"的绰号，应与这种食物的广泛食用有关。到清朝嘉庆年间辣椒传入四川种植，又称为"辣虎"，很是形象。在1848年清人著的《植物名实图考》中，辣椒作为蔬菜已是"处处有之"，遍及全国了。如今我国辣椒产量居世界首位，占到世界总产量的50%左右，可见辣椒在中国受欢迎的程度。

无论作为蔬菜还是调料，辣椒都极具性格，所以喜食的人也都性情鲜明。相传湘军作战勇敢，就是带兵的利用部属喜食辣椒而大量供给，致其火暴易怒，看见血就拼命的缘故。老百姓说不吃辣椒不当家，毛泽东主席说不吃辣椒不革命。当家和革命都要有火一样的热情，吃了辣椒就都有了。毛泽东主席要的是辣的后劲，只有吃辣椒的好手才能体悟到。

一般吃辣的人只尝到了辣椒本身的滋味，真正吃辣的高手才享受到了辣椒的后劲。

辣椒原产于中南美洲的热带地区，15世纪末期由哥伦布带回欧洲，立时野火一般烧遍世界。辣椒的驯化，被认为是其原产地对世界调味品最重要的贡献。

中国的西南、西北、华中在世界著名的"辣带"区内，其中的四川、贵州、湖南人都认为自己最能吃辣椒，常常为此争论不休，但谁也无法拔得头筹。

有一个吃辣椒的故事。说清朝有个皇帝，一天问大臣："听说我国各州各府的人，都有吃辣椒的爱好，到底哪个地方的人吃得最厉害?"

大臣回答："禀皇上，据臣下所知，贵州人不怕辣，湖南人辣不怕，四川人怕不辣。"

皇帝一听，点头称赞道："嗯，看来四川人要厉害些。"

又问："有何为证?"

大臣答："据臣下所闻，贵州人买辣椒论斤称，湖南人买辣椒成担挑，四川人买辣椒时论堆估，有多少要多少。"

有人说四川人吃辣是川菜造出来的名声，并不比别人吃得更辣。但我觉得他们更会吃。四川人不独吃辣椒，而是同花椒一起吃，既麻又辣。花椒麻痹口舌，如动手术上麻药一般。显然四川人吃辣是动了脑筋的。还有，辣椒中含有一种令人上瘾的辣素，虫子都不敢吃。这种东西不溶于水，但溶于酒精。一般人辣过了头赶紧喝口凉水，治标不治本。四川餐馆、街头吃火锅人手一瓶啤酒，显然又是有备而来。

国际上有一套衡量辣度的标准，与摄氏温度相近，对辣度分级。我想国人这么喜欢吃辣，又爱在辣上争个高下，何不对人也定个标准，像围棋一般分出个段位来。到了餐馆，报一声是什么段位的，厨师对段下辣，岂不快哉!

2

很多不喜欢辣椒的人认为，辛辣调味品会破坏食品的原味，以至影响人们对美食的品味。而专家说，辣椒里含有的被称为辣椒素的化学物质在人口腔内味觉细胞的作用下，可以使人对食物的香味更加敏感。

一个常吃辣椒的人不仅喜欢辣椒的辣味，而且对它怀有特殊的渴望。我有一个在政府上班的朋友，父母在安集海，全家好吃辣椒，因其姓王，人称"王辣子"。他家其他的人怎么个吃法我不知道，我见过他在食堂吃一顿拌面要拌进去一小碗油泼辣子，还直嫌不如自家的辣子辣。有一年到上海出差，他让家里准备了一大盆油泼辣子，装了一纸箱带着上路。十几天后就吃完了，当地的炒青椒怎么都过不了瘾，别人就建议他去超市买四川辣子，结果买到一种贵州产的辣罐头，圆如樱桃，一吃很解馋，就吃多了，当晚嘴唇起泡，胃疼了一夜，下面痔疮也犯了。

他回来讲，以前人说辣子吃多了"辣三头"，他不信，这回领教了，也知道除了他家的辣子，外面还有更辣的。

我朋友在上海吃到的应该就是樱桃椒，我后来尝过，但只咬了一下舌头就火烧一般，没敢吃下去。其实上海就产一种小"朝天椒"，细瘦、端尖，也是极辣的品种。四川最辣的一种山海椒叫做"涮涮椒"，意思是说不用加到菜里，做菜的时候放进去涮一涮就辣得可以了。据传成都以前有一个馆子，只把一只涮涮椒用丝绳吊在屋梁上，菜好了拉过来涮一下，吃的人就辣得受不了。最过瘾的是在天冷了以后，进馆子穿的是棉衣，吃完了出来就只穿背心了，吃顿面条等于捎带着洗了一把桑拿，所以生意火爆异常。这故事不一定可信，但四川人食辣重辣味而不太吃辣椒倒是真的，火锅就属于这种情况。这一点不像湖南人，非要嚼食了辣椒才行。

前些时候在网上看到新加坡《新明日报》一篇报道，说英国商人从孟加拉国把一种特有的辣椒引入英国后，花了四年时间，栽培出世界第一辣的辣椒。处理这种辣椒，只能在通风的地方，否则要刺坏眼睛。这种辣椒只有四公分长，很不起眼，可一不小心就会造成人脑血管阻塞，把人辣死。这种辣椒原生态的味道就已经很有名了，孟加拉人不敢把它加到食物里，只能轻轻扫过食物表面。看来植物界也有超级武器，这可比四川涮涮辣猛烈多了。

日常习惯上,人们感觉热了,会用凉水洗一洗,或者吃点冰淇淋之类的冷饮。而科学家们认为,人体不像物体,局部降温不仅不会给身体带来持久的清凉效果,反而会激发全身多个系统的协同作用,让体温升高。

他们开出的降温良方,却是吃辣椒。

这听起来是不合逻辑的。辣味这东西让人口舌冒火,怎么可能带来身体的凉爽?然而事实的确是这样,生活在赤道和内陆高温地区的人们就更加喜食辣椒了。

科学家认为,辣椒中导致辣味产生的辣椒素,是一种可以刺激人体痛觉神经的物质。当辣椒素作用于人体神经末梢而产生痛觉时,人体会产生心跳加快、血液循环加速等反应,此时体温上升,甚至汗流浃背。所以科学地讲,辣其实是一种痛觉而不是味觉。

流汗、脸红、感觉血液涌上皮肤,这是人吃进辣椒的第一个反应。但是这个痛觉刺激和所带给身体的应激反应会很快褪去,心跳会平复,而刚刚的辣味刺激会在你脸上、身上留下一层细小的汗珠。当汗水蒸发,带走身体多余的热量,叫你惊喜的凉爽感也就如期而至了。

说来也对,对于人,热确实是比辣更难忍受的。

以前看到过一个报道,说有机构跟踪调查了我国十个地区近五十万人,发现相比每周吃辣椒不到一次的人,每周吃辣椒六七天的人,总死亡率降低了百分之十四。

如果对这个数据还将信将疑,曾经看到的一个调查结果,就言之凿凿了:一个知名国际机构,对中国、美国、意大利、伊朗四个国家五十七万人进行调查发现,相比不吃辣椒的人,经常吃辣椒的人全因死亡率降低百分之二十五,心血管疾病死亡率降低百分之二十六,癌症死亡率降低百分之二十三。

比这些数据更让我震惊的,是大自然为人类准备了那么多好东西,在等着我们一点一点去认识。解决这个世界所有难题的钥匙,就在这个世界里。辣椒也好,洋芋也好,洋葱也好,惠及更多的地方人群,恰好说明人们之间需要交流、交换。而文化之间的交流交换,又往往需要一些契机。比如新疆人以前并不普遍吃辣,大盘鸡的出现,让辣椒在新疆各民族当中普及了一遍。

大盘鸡的这个功劳,不应该被忽视。

我家里吃的辣椒都来自安集海,主要吃牛角椒,吃惯了就不易改。其实安集海所产辣椒,在通常所分的五个变种里,除了樱桃椒没有种植,其他如圆锥椒、簇生椒、牛角椒和甜柿椒都有种植。

安集海人种植辣椒很有经验,全镇一万八千人,耕地七万六千亩,种辣椒就有三万一千亩,占去了近一半。年产辣椒四万吨,主要由内地客商收购,经陕西的七个专业市场销往国内外。安集海有名的干辣椒有两种:一种以身条细长、皱纹均匀、颜色鲜红、辣味强烈出名;一种以身段匀称、肉质适中、颜色红润、辣味佳美著称。沙湾大盘鸡所用的辣皮子就是后一种,经鸡汤浸润,立时显出肉质,辣口不辣喉,辣中有香,浸在汤汁里,比青椒还让人喜食。

安集海唐朝时称清海镇,设有庭州军事要塞。现在的地名最早见于清朝文献,叫"安济海""安吉海"。安集海河、巴音沟河的冲积扇及前丘陵地带水草丰美,自古盛产多种药材,每年夏秋之际,在北疆广袤草原游牧的蒙古族、哈萨克族很多赶来这里采集草药,久之取蒙古语"安集哈雅"为地名。"安集哈雅",即"采药的地方"。

大盘鸡所采用的主要配菜大葱、洋芋、辣椒,在安集海均有盛产,而且久负盛名,同时安集海出产的豆角、皮牙子(洋葱)、红薯、花生等也一样品质很好,这与生长它们的地理区域远古时期即盛产优异的植物是一脉关联的,最终归于土地的恩赐。

安集海曾经被国家农业部(今农业农村部)授予"中国辣椒之乡"美誉,近年大葱、辣椒又通过农业部无公害蔬菜生产认证,建成了大规模的无公害生产基地。2002年安集海建成一家辣椒酱厂,生产的辣椒酱呈红鲜辣椒的原色,质鲜味嫩,有家常特色,很受市场欢迎。对安集海的辣农来说,这虽然还是粗放型的加工,但毕竟有了自己的加工业,尽管现在的加工量离供给还差得很远。

九十月间,无论通过铁路、国道还是高速公路经过安集海,都会看到路旁砂石滩上晾晒的红辣椒绵延不尽。农家院落里摊的、墙上挂的、房顶上堆的,也全是红透的辣椒。每年的这个时节,安集海的辣农们,在他们热爱的大地上铺下"红地毯",等待一个希望到来。

3

这里我要郑重地说,安集海是西域辣椒的原乡。

不可认为四川人、新疆人爱吃辣是祖辈的嗜好。明代以前全中国的人都不知道辣椒为何物。

新疆人吃到辣椒,已到了清朝末期。

1875年5月,清政府任命陕甘总督左宗棠为钦差大臣,督办新疆军务。1876年4月始,清军在一年多时间,收复了除伊犁以外的新疆地区。1881年,中俄通过谈判,中国收回伊犁。

左宗棠的幕僚杨昌濬曾应邀西行,见路旁遍植"左公柳",作诗称:

大将筹边尚未还,

湖湘子弟满天山。

新栽杨柳三千里,

引得春风度玉关。

　　这里提到的"湖湘子弟"，正是左宗棠湘军的重要组成部分。那个时候的湖南人，正对辣椒大上其瘾。前面提到湘军喜辣，尤其大战时，每个兵勇一海碗辣透的红烧肉，立刻火暴异常，看见敌人立时红眼，个个拼死向前。在湘军于天山北麓与盘踞伊犁的沙俄军队对峙的五年间，湘军在沙湾一带组织留守军队屯垦，为与沙俄的战事做积极的后勤筹备。正是这些湘军，第一次把辣椒种植带入新疆的安集海一带。

　　此后数十年间，辣椒种植传遍南北疆，包括西北其他省份。中亚一些国家的辣椒，部分也是通过陆路自新疆引入的。

皮 带 面

西北人吃饭,以面食为主,而新疆人中午的一顿正餐,要具体到"拉条子"。有个故事说,一个姑娘向男孩表白,说我会一辈子爱你,男孩没有心动,姑娘又说我给你拉一辈子拉条子,男孩激动得哭了。

"拉条子"在餐馆叫"拌面"。这两个叫法,其实是一个东西,维吾尔语和哈萨克语发音接近,都叫"兰曼",意为"像细绳子一样长而滑溜的饭"。

汉语后来把拉面叫成"拌面",更符合新疆餐饮的传统,只是在称谓上把家里家外做了区别。街上遇见熟人,问吃了吗,答吃了;问吃的啥,若回答吃的拉条子,一准是在家里吃的,若答拌面,就是下馆子了。在食堂里叫"拌面",自有它的讲究。拌面的配菜在炒菜用料上,首先要考虑汤汁的色和味。面是主食,菜是就着吃的,而汤汁的味道和用量,决定了面菜翻拌以后的色相和入口的感觉,上好的汤汁能体现出面的滑爽和配菜的本味,进而调动食欲。新疆人饭量大,多半是拌面惹的祸。

拉条子的称谓关注了面食的制作,拌面的称谓强调了食用,尤其赋予面与菜平等地位。面食本身缺少滑爽,吞则噎喉,而拉条子忌讳单根挑着吃,与菜"拌"是下口以前的准备,是这道饭食口味的生成,也是西部饮食文化一个显著的特征。主人劝客人多吃菜,不像南方人直接说"吃菜,吃菜",而说"你把菜拌上,拌上"。内地人待客,一般会要求客人"吃好,喝好",新疆人待客,一般更注重自己做什么。平日家里突然来了客人,主妇端上茶水,边转身向厨房走边向客人打个招呼:"你们先喧,我去拌个凉菜。"意思是要留客人在家里喝酒。在路边的餐馆里,客人吃完大盘鸡以后,服务员把皮带面端上来,会先问一句:"把面拌上吗?"其实她是问是不是把面倒在大盘里。客人听了,忙说:"拌上,拌上。"

据食客们说,大盘鸡这种剩菜汤拌皮带面,比刚出锅的汤汁拌面要香。可能是这样的菜汤,在人们吃菜翻腾的过程中,汤的浓度和味道都发生了微妙变化。但我感觉,这种自己吃过的菜汤,更多一些温暖亲切。中国人讲合食共享,客人之间一个互示尊重的潜规则就是"不嫌"。也有人拌面时嫌汤是大家动过的,其实前面一起吃肉,也是大家都在下筷子。西北人出门在外下馆子,卫生上的习惯叫做"不干不净,吃了没病",还有一句是"眼不见为净",所以生得口粗身也粗。

风土之味,合该这样。口太细的人,是吃不得风味的。

大盘鸡吃到最后,盘子里会有一层浮油在汤汁的上面,下层则是混合了土豆汁、菜肉细末的浓汤,所以在拌面时,讲究深翻细拌。食客们总结出来的大盘鸡皮带面的拌法,是这么说的:

拌一拌，油沾面；

拌两拌，吃饱饭；

拌三拌，再加面。

意思是说，如果面入盘中不翻动或者翻动不足，面片表皮上只沾了一层油，腻而乏味。如果翻转适度，使面片浸润到汤汁中的悬浮物，那才是最美味的，会叫你吃了还想再吃。

因为面也是共食，取食时，尽量避免从大盘里一小片一小片地用筷子夹了直接入口，可拿起餐碟，先夹一些在里面，然后自小碟内小片取食或者狼吞虎咽。讲究一些的人，也可以用汤勺取适量汤汁在自己的食器里拌食。人们虽然不会如品菜一般去品食面片子，但多嚼几口，还是能品出名堂的。和前面吃菜时一样，面吃完一份再取一份。对于美味的用心要贯彻始终，这是人的天性，而用心正是体现在一个"品"字上。"品"者，至少嚼三口也。

吃这种大盘鸡的汤汁拌过的皮带面，十有九人会吃得太快、太撑，对胃不好。一般地说，人吃有香味的东西应该慢慢品，叫香味充分地散发出来，给人以享受。但这似乎不太适用于吃面。面本来就无须嚼得太细，遇到很香的味道，通常便来不及嚼，这一筷子刚入口，下一筷子已经夹起又到嘴边了。

若按正常时候的饭量，人一般吃到一盘大盘鸡的八九成，就应该基本饱了，喝几口浓茶调一下口味，就可以起身告退。但这种情况往往少之又少，大盘鸡汤汁的浓郁香色，使人忍不住要添加皮带面。许多人都是抱着已经饱了就尝上一口的念头来吃下第一片面，结果一片面入口，饱的感觉一点也没有了，好像前面啥也没吃过。面和口腔的接触似乎远比肉、菜来得顺畅，刚刚入口咬一下，面所带来的奇异香味便瞬间漫过舌头，浸过牙齿，扩张到腮帮子，以电一般的速度下达到胃里。

而胃几乎是迫不及待地接受了这些消息和食物，立刻快速地蠕动起来，在里面又挤又压地腾出新的空间，再把饥饿的信号上传给已经迟钝的头脑，头脑又指使手臂夹起一筷子又一筷子的面片。等风卷残云、盘子见底、起身走人的时候已经弯不下去腰了。

皮带面正确的吃法，要面和前面的鸡肉一个节奏地吃。面入盘中，取一把干净的筷子先将堆在一起的热面摊开，自下而上轻翻两三下。拌法得当，面与汤汁里的浮油、料汤、沉淀的各种细碎食物浸润适度，口味便不一样。通常面拌得好与不好，看面片上那一层亮晶晶的土豆颗粒挂面的程度就行了。

然而无论快慢，太美的食物都会叫胃生出过分的欲望，并指使胃部神经向脑干传出美丽的谎言，结果让你的小肚子很快变成硬邦邦的锅底。

若真的吃撑了，回到家里切不可马上入睡。倚在沙发上歇一会儿，伸展四肢，头肩后仰，最好腰后垫个枕头。既然撑了，就让它充分地撑着。这时候，撑是一种舒服，如同饮酒到小醉，吸烟到微醺，你会体会到，饱食此日，无所用心，一境界也。

第四辑

鸡

秘

大盘鸡是怎样炼成的

"满朋阁"原始烹制法：

第一步，拔毛。鸡煺毛应该趁鸡身尚热时进行，放入六十度左右热水中浸烫，表皮毛根可充分剔除干净。忌用拔毛机。拔毛机剧烈的碰撞使鸡肉肌理松弛，本味易散。

第二步，整鸡剁块，厚约两公分，以大片为好。

第三步，精盐两调羹，花椒粉一调羹，与鸡肉拌均匀，再勾兑适量芡粉拌和，护调料使不散味。

第四步，葵花油约一百八十克，用炒锅加温至油沫散尽，倒鸡肉入锅，翻炒不可停顿。

第五步，炒至鸡肉内水分去四成，表面呈褐黄色，此时油温最高，加入一大铁勺醋，锅内轰然作响，醋味呛出。

第六步，加入切好的葱、姜、蒜末。

第七步，加入适量的老抽（酱油）。

第八步，加入大把干辣椒，翻炒。

第九步，添热水至淹过鸡肉，以猛火炖烧。若是土鸡，转入高压锅炖十几分钟，再转回炒锅，大火收汤。

第十步，下青辣椒。青辣椒一剖二，分三段。

第十一步，汤至浓郁，起锅，装盘。

"满朋阁"炒制的大盘鸡，其传统"辣子鸡"风格浓厚，鸡肉本味较浓重。还有一些特点，一是配菜花样少，只有干、青辣椒；二是以醋除腥，但不留酸味；三是以老抽上色；四是提香用的葱、姜、蒜都是末；五是操作简单，但用料、火候须用心把握。

按照民间传统的说法，人们在享用食物时感受到的滋味有咸、甜、苦、酸、辣，称为"五味"。五味各有自然形态的食物存在，比如甜菜、苦瓜、柠檬、话梅、辣椒等，这些食物独自食用味道很充分，但用于调和菜肴就显得味力不足或相互影响。于是人们通过酿造加工，生产出了各味的调味品。比如醋，就是最常用的人工调味品。醋在烹调中的主要作用是祛除腥膻，增加香味。"满朋阁"李师傅在烹制大盘鸡的过程中，深得"五味"之法，加醋使鸡肉醋中显香，冲破了日常炒鸡肉忌讳多放醋的制法。所以"满朋阁"对大盘鸡的炒法表面看是沙湾几种典型大盘鸡中最为简单易学的，但其中心要义，还得仔细领悟才能掌握。

"满朋阁"以醋去腥的手艺堪称一绝，当年有许多客人在后堂临灶学艺，回去后如法炮制，结果都变成了"酸辣鸡"，难以入口。

高氏兄弟烹制法：

第一步，选料。选料重在选鸡，鸡瘦则肉柴，肥则油大，应取肥瘦大小适中者。

第二步，剁鸡。一鸡先七刀卸八块，头脖、两翅、两腿、肋部、两胸。后分解为一公分半左右斜条，肉必带骨，其中大、小翅完整，两鸡腿腱部特留约长六七公分整截。鸡头去下颌，因该部位难以清洗。脖去皮、去淋巴。爪去尖。肋部剁为小块，可一口咬碎，细嚼其味。全鸡解剖用刀三十二下。解剖时，根据鸡龄及用刀力道，确定烹制火候及用高压锅压制的时间。

第三步，取葵花籽油一百二十克，视鸡肥瘦酌量添减。加入蔗糖一调羹，加温搅拌至出沫；加入鸡肉，大火翻炒，同时放入干红辣椒、生姜丝、盐，待锅内油温升起，改中火上色。炒至鸡肉表面干缩，保持内层鸡味不失。

第四步，加入干红辣椒碎块，提高辣度。加水，温、凉均可。加入香料，为花椒、胡椒、丁香、草果等多种调料配制的料包。

第五步，待水沸，转入高压锅，土豆一剖四块置肉上层。视鸡肉状况压制十二至二十分钟。火候分大、小、中，大火收汤，小火炖味。

第六步，迅速排气开锅，轻取土豆入大盘底。鸡肉转回炒锅，中火收汤。放入辅料，葱用段，蒜用末，青椒用块。

第七步，加味精，起锅，盛放菜肴于大盘土豆块之上。

高氏兄弟制法的特点，一是讲究刀法，鸡肉依不同部位有整有碎，使一盘之中有可大口过瘾者，有可细嚼品味者。二是对烹制火候及工艺的把握，保留鸡肉外焦而内层鲜味不失。三是土豆入色入味，内外均呈金黄色，松软绵沙，入口即化。四是以多种调味品去腥提味。五是汤汁因在高压锅压制中有土豆表层粉粒沉浸其间，晶莹浓郁，香而不腻，拌面观感、口感均佳。

"杏花村"烹制法：

第一步，剁鸡，约一小指厚，骨必带肉。

第二步，葵花油二百克，与砂糖一调羹同入炒锅，不间断搅动至起黄色泡沫,加入鸡肉,大火攻炒。鸡肉在锅内噼啪作响,乃骨与肉分离。待声稍息,放一大把干辣椒,炒数下,提辣香。

第三步,加开水,与肉面平,加花椒面、生姜粉、酱油少许,盐三指撮七下,大火炖十五分钟。

第四步,放青辣椒、葱段、蒜末、味精,出锅。

特点是香料简单,使家常用的几种调味品在不同分量比重的混合以及不同烹制火候上运用,产生风味独到的变化,从而达到衬菜提味,而不使其抢去鸡肉本身的香味。后来"杏花"大盘鸡中也加入洋芋,或者应客人要求用咸菜、墨鱼、香菇炒制,然而风味大体保持不变。

刀　法

烹调四要素,为原料、调料、刀法、火候。

中国菜的刀工主要有切、劈、斩、片等十二种。刀法主要有直刀、平刀、斜刀、奇立刀等。运用这些刀法,可以将原料做成块、段、条、丝、片、丁、粒、茸、末、泥等形状。有人粗略统计过,现今中国刀法名称不下两百种。

大盘鸡刀工在劈,而民间习惯叫做剁鸡。

剁,《新华字典》的解释比较直观,为"用刀向下砍"。在《中国烹饪百科全书》中,有专业的解释:"将无骨原料制成泥茸状的一种直刀法。"现在很红的一道菜叫"剁椒鱼头","剁椒"指的就是把辣椒用刀口剁碎,鱼头则是用"跟刀劈"的手法一劈为二,但又不完全劈断。

新疆人一般认为挨着骨头的肉更有味道,在吃法上如抓饭、清炖肉、烧排骨、馕坑肉等，皆讲究大块带骨，在刀法上不仅多用劈，而且常常得抡圆了膀子劈。西餐用刀也多为劈，但简单粗制，大块肉下锅，端上桌子时还是原料，吃的时候由客人用小刀削成片，再叉着吃。中餐和西餐的一个明显区别，就是中餐把舞刀弄斧的事在后堂里全部做完，给客人准备的是一双平和无邪的筷子。

讲究刀法不仅是美馔的必需，还是礼制的要求，如人之修饰穿衣。先圣孔子"割不正不食"，认为没有规矩的刀法是对饮食和客人的粗暴不敬。孔子还有一句关于饮食的名言叫"食不厌精，脍不厌细"，与那时候的人们讲究饮食刀法有重要联系。如果当时的厨师不具备高超娴熟的刀工技艺，孔老先生也是不会提这样高水平的要求的。

大盘鸡虽然只用刀工中比较粗犷的劈，但劈法讲究，化大为小，化厚为薄，食用时一般不需要手抓，筷子与牙齿即可以完成骨肉分离。劈肉忌重复用刀，讲究一刀两断，不连皮不碎骨。鸡骨薄而锋利，碎骨极易刺伤人的口腔和喉咙，比鱼刺危险。

现在的大盘鸡肉多为直刀剁块，但在20世纪90年代初大盘鸡最火热的那几年，鸡肉大都是斜着肉丝用刀剁成薄片，一方面肉容易入味，还有一点，鸡骨髓中浓烈的鸡香味道和丰富的营养能充分进入汤汁。当然鸡肉太薄也有不足，对保留鸡味有困难，这可能是被回归为块的理由。

北方人的刀工体现北方人的吃法。很多北方人对南方的虾蟹之类兴趣索然，认为骨头包肉，天生就不是让人吃的。北方人吃肉讲究肉包骨，一嘴咬个满口。所以，大盘鸡的肉即使不宜大块，也要大片，文化使然。

其他原料方面，葱为段，辣椒为块，各家相仿。差异大的是姜、蒜。一些店里取大盘鸡粗犷形骸，姜整片，蒜整瓣拍刀，均可夹食，既是香料又是原料。后来一些店家出于更易于出味和节省的考虑，选择姜用丁，蒜用泥。

大盘鸡的奇妙,正在于永无定型。任何人,无论技艺娴熟的厨师还是三日下厨的新娘,从产生烹制一道大盘鸡的念头起,他的每一刀每一式,都是对这道菜肴的一次重新创制。大盘鸡所能给予我们每一个人对神奇食物的无穷想象,都是刹那之后的自己不能复制的。

兴利与除弊

南方人到北方的农牧区,不仅吃着饭食感觉有羊膻味,进到人家里闻什么物件也都带有羊膻味。他们需要四处打听才能找到汉餐馆子吃饭,就像新疆人到南方城市想找单纯的牛羊肉饭馆一样。在部分南方人的意识里只有猪肉没什么膻味。

一次,我与一位哈萨克族同事在乌鲁木齐办事,赶上午饭时间,就随意拐进一家饭馆,跟在我身后的同事一只脚踏进门厅还没有立稳就退了出来,一只手在鼻子上扇着风说,这不是纯牛羊肉的饭馆。我说你又没有看见牌子咋知道的,他说自己闻到味了。

可见食物凡荤都带腥味,轻重而已,闻得惯闻不惯而已。因此烹制肉类除腥至为重要。清人袁子才写过一部

《随园食单》，应是古代文人所著食谱中写得好的。书分两部分，第一部分提示烹调原则，作"须知单"与"戒单"，两单之下各有一注，一为"学问之道先知而后行；饮食亦然"，一为"为政者兴一利不如除一弊；能除饮食之弊，则思过半矣"。

其"配搭须知"又讲：

谚曰："相女配夫"；记曰："拟人必于其伦"，烹调之法，何从异焉？凡一物烹成，必须辅佐，要使清者配清，浓者配浓，柔者配柔，刚者配刚，方有和合之妙。

使所搭配原料各尽物性，是烹调的要旨。同为蔬菜，有的可荤不可素，如大葱、韭菜用肉炒远比素炒入味；有的可素不可荤，如山药、百合等，以清淡最上口；有的食物只能独食，不可搭配，如鱼类，腥味沉重，须诸多调料压制，搭以配菜，不仅分散了调料力量，还会让配菜也带了腥味；有的肉类独食方显肉味浓重，如北方的手抓肉、烤全羊，在北方属风味佳肴，南方人却多不喜食，至多能品尝几口。

袁子才说："余尝谓鸡猪鱼鸭，豪杰之士也，各有本味，自成一家；海菜燕窝，庸陋之人也，全无性情，寄人篱下。"鸡肉味浓而略有腥，大盘鸡配菜中的辣椒、大葱皆辛辣，有除腥效用，再调以香料，足以祛除鸡肉中的腥味。而二者与洋芋一起，又都适宜荤炒，与鸡肉之味浓淡调和，"有味者使之出，无味者使之入"，一出一入，皆合物性，使满盘俱香，也就顺理成章了。

鸡身上腥味最重的是鸡胗子，与鸡肉同锅炒香脆可口，但好的店家在入锅前另用开水笊过，以拔除异味。

其实肉类除腥不光使用调料克制，古人很早就注意采用合理的烹调技艺控制去除，不失为自然之法。《吕氏春秋》所讲高超的烹调技艺，讲究以火候疾徐、水温变化来灭腥去臊除膻。即便用调料控制，对于咸、酸、苦、辛、甘，先放后放，放多放少，混合用还是分开用，都要讲究分寸，这也是厨师手艺高下的关键处，不会轻易示人。沙湾当地一位土美食家叫张成新的就认为，现今各地大盘鸡店数以千计，在配菜和调味品种类上大同小异，之所以味有优劣，烹调程序控制和调料配比，是秘诀所在。

烹调一道美食就似诗人咏出一首诗歌一般，微妙不可言说。炒勺之内味道的变化有四时更迭一样的规律，也有霎时阴晴般的忽变，全在厨师对菜、料、水、火的体悟之间。著名的西班牙厨师何得里亚说："食物是语言，可以用来表达和谐、创意、快乐、美丽、诗意、繁复、魔法、幽默、激怒。"我们活着，并于一日三餐间享受这世上万千精美的表达，该是多么幸福。

秘　方

　　一次,我约几个朋友在"满朋阁"吃了一盘初始的大盘鸡,又请李师傅按照他的做法加入土豆再炒制一份。"满朋阁"传统的做法一直是不放土豆的,只有客人要求了才放。李师傅认真地做了,但是朋友们说味道不如前一盘。"满朋阁"在吃鸡肉之后也不上皮带面,而是上一种薄饼,蘸了汤或者直接吃,味道都很好。那天吃过薄饼后我又请李师傅下了皮带面,朋友们一致说,加过土豆的大盘鸡拌的皮带面要更香一些。

　　以前也听到食客们有这样的说法,但自己体验之后我还是被一种发现感动了。大盘鸡的发展流变,真的踩过了一级一级的智慧台阶。传统大盘鸡加入土豆,使土豆和汤汁的品味有了明显的提升,也使西部人更加喜食的皮带面相得益彰。然而土豆对鸡味大量地吸附影响了菜肴的本味,于是后人几经研进,通过加入几味调料实现了新的平衡。因而"机密"制法的出现,是总结了食料品性和食客口味演变的成果。

据我后来的观察,大盘鸡"机密"制法有独到的创新,但在味料运用上,和古代名菜"曹操鸡"依然有几分相似。

相传"曹操鸡"创始于三国时期。公元208年,曹操统一北方后,自都城洛阳统兵南下讨伐吴国,走到序卅(今安徽合肥一带),头疼的老毛病发作起来,军马不能前行。曹操的军医有些能耐,懂得食疗,吩咐随军的厨师找来当地的小公鸡,配上几味中药,烹制出来端给曹操去吃。曹操头一疼起来就胃口全无,这次头疼几天没有吃饭了,在军医劝说下尝了一口鸡肉,觉得味道鲜美,就多吃了一些,头疼也很快减轻了。曹操赏了厨师,菜也流传了下来,至今保留着传统做法。

实际上,军医叫厨师给曹操烹制的,就是古代中医所讲的"药膳"。药膳讲究医食相通,药食同功。这些是《黄帝内经》《周礼》《备急千金要方》等古代著作中早就提出来的养生观念,至今被中医沿用。按照中医的这种观点,最早的药物就是食物。比如酒这种饮料,古代医书已经称它为"百药之长",而酿酒用的麦曲,很早就被发现是治肚子疼的良药。早几年我因病去看中医,抓回来的药方上有红枣、生姜之类几种家里常见的食物,大感疑惑。第二次再去,仔细请教,算是吃一堑长一智,终于明白过来。历史上,中医的药书几乎同时又是食书,许多古代名医同时又是烹调的行家。

那次医院回来,我看了唐代药王孙思邈的《备急千金要方》。他是极力主张食疗治病的,他讲:"夫为医者,当须晓病源,知其所犯,以食治之。食疗不愈,然后命药。"他认为人安身的根本在于饮食,如果能用食物治疗疾病就是良医,只有在食疗不愈时,才可用药。

现今传下来的食疗的方法大概有两种：一种是以食当药，就是拿食物当药物食用，组成"食疗方"；一种是以药配食，取一味或几味药物加入饭食，就是所谓的"药膳"。药膳在西方也很普及，被称为保健食品，有趣的是，西方保健食品的原材料却是来自中药材。

"曹操鸡"算是"药膳"的成功例证。其所用的辅料，据记载为麻椒、陈皮、大料、小茴香、桂皮、白芷、肉蔻、草蔻、桂条、草果、丁香、砂仁、良姜等，里面许多同时又是调味品。我拿着这个单子去叫一位做中医的朋友看，他认为凭这些药，是治不好曹操所得的头疼病的，只是可以叫他的头疼症状有所缓解。但就美食而言，用这些原料烹制出来的鸡肉除了色泽红润、香而不腻、五味俱全、滋补健体的功效也还是有的。

鸡肉在药膳中的使用很常见。偶尔登录一家叫做《中医中药秘方》的网站，里面开出以鸡肉制成的食疗方五十余种。不同品种的鸡加入不同的几样中药材，或炖或蒸或炒，可以治疗诸如缺乳、健忘、失眠、风湿性关节炎等上百种病症。

一次在超市里看到一种大盘鸡的专用料包，很便宜，一袋两元钱。袋内附有说明书，列示配料十几种，其中有山楂片、孜然等，称为"新疆味道大盘鸡秘方"。其实许多人提到新疆味道就和孜然联系起来，这是误解。内地人多从新疆烤羊肉串认识孜然，这是维吾尔族人的饮食特色。但新疆还有一种烤肉叫"哈萨克烤肉"，就不用孜然，也不用辣椒面，只放咸盐，吃起来一样别有风味。后来还在市场看到另一种大盘鸡料包，四川产的，主要靠一袋豆瓣酱出味，买回来一包如法炮制，不是新疆菜的味道。

受此启发，回来后我上网搜寻，找到"大盘鸡制法"十八万条，找到"大盘鸡秘方"五百余条。其中一条"秘方"列有"大盘一个，整鸡一只"，等等。我朋友看了大笑不止，说还应该加上"厨子一位，炒勺一把"云云。

我原以为高氏兄弟会对他们的"机密"料方三缄其口，所以迟迟没有提出这个问题。我一直在惦记这个"秘方",不光是考虑有益于大盘鸡的传播,还有自己的想法。既然我为大盘鸡做的是正传,就不该在大盘鸡当今比较受喜爱的一些烹制方法上,给食客们留下遗憾。就在文章等着脱稿的一个上午,我去了高传江的馆子。因为原来在"上海滩"的馆子狭小拥挤,前些年他在县城的公路边上买下一处楼房的门面,继续用"鸡蜜八号"的牌子经营,每天能卖出几十盘鸡,加上大盘鱼、大盘肚之类,生意在当地依然是很火爆的。等我略显谨慎地说出了自己的想法,他倒是很痛快,在我给他的一张纸上勾下了几种调料名称:花椒、白芷、良姜、草果、陈皮、姜片、白蔻、胡椒、芫荽籽。

在给高传江的那张纸上,我预先印好了几种鸡肉烹制的传统料方。有符离集烧鸡调料配方:川椒、元芍、茴香、三木、良姜、丁香、白芷、桂皮、陈皮、辛夷;有"道口烧鸡"的配方:砂仁、豆蔻、丁香、草果、肉桂、良姜、陈皮、白芷等。

不难看出,一种食料或许有蒸、煮、炒、炖等多种烹制方法,但适宜它的调味品不会有太明显的不同。

后来的一天,我带了"机密"的配方去县医院找我的那位中医朋友看,他对药料、调料与食料关系的理解让我开了一回眼界。他给我分析了"机密"配方在食疗、调味方面所具备的功效,尔后这样概括了其"方义":健脾开胃、芳香化食、温中散寒、理气通脉。

沙湾有代表性的三种风格的大盘鸡,"满朋阁"不讲究多用调味品,善于利用火候变化出味去腥,属于古朴自然的做法;"杏花村"麻辣较多,借鉴了川菜风格;"鸡蜜"则用料复杂,烹制讲究,已经融入了"药膳"食物的成分。

路　边　上

　　没有店门开在后墙的,除非后面也有路。任何店面都是开给人的,而且是开给别人的,需要人来人往,人进人出,因而必须开在路边上。路大了会叫小店做大,店开得好了又会叫小路走成大路。店是由路串起来的,店离开了路就开不了门,不再是店。路是由店接起来的,有店路才有可能延伸下去。一个驿站、一个村社、一个城市都是路的一个结。路的最初目的就是连接、连通世界每一处的人。然而,因为人的有限和疲惫,路到一定长度就会断掉。这时候那些大大小小的店,把路接了起来。

　　人离不开家,而又必须在必要时离家去面对和开拓。这时候有了驿站,有了商铺,它们全是家的延伸,家的备份,是别人为你安顿的人性的休憩之地,模仿了家的全部或部分功能,给这个世界上所有出了家门的人提供方便。

有人说大盘鸡是"家常大餐"，有人说是"路边名菜"，这些说法都很形象贴切。

大盘鸡店开在公路边上的数量，远比开在城市里的多得多。它们最早就是由长途汽车的司机吃出来的，这是一个特殊的常年离家在外奔波的人群，伴随着他们的也全是离家的路人，只不过路人仅是过路之人，而他们却常年以路为家。他们供应了城市但常常进不了城市，接纳他们的是城市的边缘。城市的郊区就是打发这些城市过客的地方。然而过客自己会建立他们精神的家并带在路上。大盘鸡创始以后应声叫响，店面一路开下去，车有多快它有多快，路有多远它走多远。高档口味的贵宾享受和带有家常菜眷念的大盘鸡，就这样接纳和满足了无数异乡路客的心理隐忍，他们吃饱以后的笑意肯定不仅仅是给这一餐口味的。

沙湾自古多驿站，很早就有了做路菜的传统，不过从前的路菜是带在路上吃，现在是现做现吃。

大盘鸡出现以后，首先被新疆各族百姓所接受，其中最欣喜若狂的是回族人。大盘鸡得以快速传播，还要感谢这个民族。回族人在西部乃至更大的范围内是饮食的主要经营者，而且主要在沿路经营方便可口的饭菜。大盘鸡的加入，让他们原本保守的几样看家食谱立即有了灵气。有的人家几辈子撑路开食堂，自打撑上这只鸡，红火日子才开张起来。回族人开馆子，除了牛肉面、粉汤、丸子汤、面旗子之类做专营的店铺，一般都主打大盘鸡。回族百姓餐饮就其饮食要求、卫生习惯、语言沟通，可以为各族群众所接受。沙湾县有了大盘鸡以后，县城周边金沟河乡、大泉乡的回族人带着大盘鸡走出去了许多，内地众多国道的路边店上，能找见他们的影子。回族人精于饮食、择路而居的习性，使他们更乐于接受餐饮业的经营。近年新疆昌吉开发和推出许多种类的餐饮连锁店，基本是由回族人做的。有人开玩笑说，如果飞机要在天上停下来吃饭，回族人就能把食堂开到天上去。

新疆老百姓有这样一句顺口溜：

回族一条线
维(吾尔)族汉族一大片
哈(萨克)族进山找不见

在新疆，就分布居住的形式而言，几个主体少数民族的分布居住，大体有一个特点，基本符合这个说法。"一条线"指多沿路而居。"一大片"指聚群而居。"进山找不见"，指哈萨克族人家大多数沿袭逐水草而游牧，城市、村镇、马路上没有牛羊吃草的地方，你自然就看不见他们了。

在沙湾还流传有另一句民谚，与饮食有关：

上山吃羊
下乡吃猪
路边吃鸡
鱼虾螃蟹在城里
骨头包肉狗嫌弃

这是当地食客们吃出来的一张美食地域分布图。其实在新疆天山以北的许多地方，大体都是这样一个状况。当然最后那一句有些偏了。然而在城市里不易吃到本土的风味菜肴，也是食客们都认可的。

在新疆，虽然汉族人也多食牛羊肉，但在农村，很多汉族人家庭还是养猪的。以前是为了卖出去换钱补贴家用，现在就是为了吃。从天气开始上冻，村子里开始宰猪。按农村的习惯，村里人家宰猪，彼此要隔上几天。一来宰猪要请客，二来邻里乡亲可以相互借肉，等自家的宰了再还上。这样大半个冬天里，家家都能有新鲜猪肉吃，隔三岔五有喜酒喝。猪肉因为太肥，宰了以后主要是"溇"起来。方法是连肉带油加上大量的盐，用大锅煎熬，使肉里面的水分大部分脱去，拿一口大缸装了，凝固的白油护住肉，吃到麦收也不会坏。

农民说，"吃猪吃一年，吃羊过个年，宰鸡解个馋。"吃羊肉在农村不是很普遍，因为牛羊不方便家家户户都饲养。过年了买一只羊宰了，羊肉包饺子炒菜，骨头年三十炖了守夜，吃不了几天。鸡却是家家都养的，主要在夏秋农忙时节补个身子调个口。

羊肉除了城里人吃得较多，主要在山上消费。新疆旅游景区多为山区的自然风光，到那里旅游羊肉是必吃的。因为山区的景区一般都有草原，雨多地肥草美，几乎没有什么污染，在那里牧养出来的羊，肉鲜且嫩，口感很好，加之哈萨克族牧民在长期的游牧生活中，沿袭了一套完整而富有风情的食肉礼仪，从选羊、宰杀、煮肉、食用，都有很神圣的仪式感，融合了感恩自然、敬老护幼、尚礼好客的质朴风俗。

羊宰了之后，通常先割一部分肉炒菜、烤肉串，安顿客人先喝酒，其余下锅煮，山上气压低肉熟得慢，两三个小时才能上桌子。新疆景区不同于内地，人文景观少，山高路险天凉，观光以外，吃胜于游，而一群人围坐在毡房里，喝奶茶吃羊肉饮白酒，倒合了本地人旅游的心境。

在西北几个省份，路边上几乎是很少有汉餐馆子的。一来开馆子店主是回族人的居多；二来即便是汉族人开的，很多店家也以牛羊肉为主；三是开汉餐馆风险相对较大，客人里有一个不吃大肉的，就不能留住其用餐，生意难做。

鸡肉是西部每一个民族都能接受且喜欢的肉类，又是容易烹制的快餐类肉食，自打有了大盘鸡推波助澜，也就自然在马路边上风行起来了。

家　常　化

中国人爱吃鸡，也很会吃鸡。袁子才《随园食单》中，鸡的做法有二十二种，多为常见，如卤鸡、蒸鸡等。也有极讲究的，如鸡圆、鸡粥的做法，很精致，没有吃过，不知其味，但一看烦琐的工序，已先把人吓住了。

现今鸡的做法与从前又有不同，不知其几百种。各地口味不一，就有不同的偏好，有的也自成风味，如广东的盐焗鸡、四川的怪味鸡、湖南的东安鸡、常熟的叫花鸡、德州的扒鸡和昆明的汽锅鸡……不胜枚举，做法上也各有千秋。有的做工复杂，不宜短时间成菜；有的用料独特，不宜随时取得；有的要专门器具来烹制；等等。这样就使这些佳肴基本圈定为店堂食物，手艺难学，不易推广，更不要说大众自己在家里制作。这些可能就是许多地方特色鸡都没有出现那种各地一哄而上的"大盘鸡效应"的原因。

而事实上,鸡本来就是家常之物,百姓食品,制法过精便远离民间,味太独特也只能得到少数人的喜爱,难有市场。大盘鸡的制法,精髓就在于在合理搭配的基础上向民间回归,使鸡的制法家常化。简单的一锅一灶、常见的配菜、日用的香料、普通的炒法,美味只在搭配本身和用料先后,上心揣摩便不难学会。

大盘鸡起源于普通农家,在发扬光大之后还回到了寻常百姓的餐桌上,这本身就是意味深长的事情。

也许大盘鸡不仅告诉我们如何通过平常的材料和简单的操作来获得一顿美味佳肴,还告诉我们如何通过简单的生活丰富我们的日常。

色 香 味

　　大盘鸡出锅以后,以"色—香—味"的顺序在数秒钟内勾起客人饥饿的食欲。

　　客人尚在闲聊等待,端盘子的服务生以头顶起厨房的布帘,吆喝一声"上菜啦——",大家一齐举头望过去。服务生一溜碎步,一团蒸腾的热气向后散开,大家远远地便先看到菜的颜色。色分五色,肉褐、葱白、洋芋黄、干椒红、青椒青。及近,上桌,热气弥漫,肉香飘溢,面扑热,鼻闻香。香乃鸡肉浓香,葱椒清香,还有……哎呀,谁还来得及再往下闻呢,动嘴吧! 立时下筷子,夹食,入口,舌尝味,牙嚼味,唇呷味,话再多的人也打住了,一阵长久的舌唇叽叽。事后问什么味,拍脑门想半天,丢下一句:"大盘鸡的味呗!"

色香味由远及近，眼鼻口依次过瘾。以前觉着"谈恋爱"这词极好，先搭上话儿，待交往得有了念想，自然就生出爱了，表意还教给人程序。后来品尝大盘鸡，又理解"色、香、味"三字不是随便罗列到一起的。古人真是了不起，除了精而又精的文化，是不给我们后人留下"随便"的东西的。

爆

似乎有一种现象，人们对爆炒的东西都留着胃口。

我住的地方，周围有几家农家饭馆，生意很好，远远近近的人都来。就菜目看，没有什么新花样，几样炒菜哪家馆子都会做。久而久之，我还是发现了一点他们的饭菜吸引客人的原因，就是爆炒。就连鸡蛋炒韭菜、土豆片这样的菜，也隐约有一些煳味在菜的表皮上。

小时候家里做油泼辣子，我们喜欢自己动手，把油烧得快起火了，噗一下泼在辣椒面上，拌匀以后，有一部分是焦而带糊的，这样吃起来口味分外的好。我见过几家维吾尔族人开的馆子，做炒面拌面的时候都用高温大火，菜味显得浓郁厚道。其实酒店里干煸、爆炒、烘制等菜目，都是在找同一种口味。全聚德的烤鸭，现今时尚的肯德基食品，包括小孩子喜爱的锅巴、烤馍片，也是在找这一种口味。

我一直在想，人们对煳味的嗜好是与生俱来的呢，还是源自远古的饮食习惯？人类在遇见了火以后，吃到的第一口熟食必然是烟熏火燎的，烧得焦黑的。此后这种直接烧烤半生不熟的饮食伴随了人类几十万年。有科学家认为，正是熟食的出现带来了人体机能的变化，把人类引向了文明的道路。

除了人类，再没有其他动物依赖熟食。

烹饪处理了天然动植物食品中存在的毒素，还满足了人类摄取最多营养的生物化学要求。科学家说，人类和其他灵长类动物相比，有百分之九十七的遗传基因是相同的。科学家虽然没有能够解释人类何以脱颖而出，但指出发明生火烤熟食物可能是人类得以进化的关键一环。

有一段时间，我非常喜欢维吾尔族厨师做的拌面，感觉菜的肉味浓郁，拌着吃格外上口。对比以后，没有发现他们多放肉，菜料也没有什么不一样的。唯一不同的是菜里的肉片焦黄，有的炒到发干，如同烤肉。后来我弄明白了，维吾尔族厨师炒菜，肉片要在火势旺盛油温很高的时候入锅，快速翻炒，待肉片表皮发焦，再加入其他菜料，再放入适量的水出汤。诀窍就在这里。因为放水以后菜要很快出锅，肉味不可能煮入汤汁，但是，由于前面肉片在炒制过程中，爆炒使肉片表皮焦煳，遇水产生微量脱落，汤汁立时浓郁，饱含肉香，拌面味道自然大不相同。

在我的印象里，大盘鸡初创和最红火的那个时期，鸡肉外层看上去略显焦黄，个别处有发黑的，爆炒痕迹明显。或许正是这一层若隐若现的颜色，暗合了人们意识深处曾经围着火堆狼吞虎咽的伙食记忆。这对人的食欲，无疑是一种勾引。

热

经营大盘鸡的,做到"三热",则生意一定红火。

大盘鸡初兴之时,店家人也性情,味也地道,吃的人就多。我无事一旁琢磨,客源好的店家,有"三热"暖人:

一曰热络。人未入店,店家已招呼看坐、抹桌子、摆壶、沏茶、上瓜子、上扑克牌、上餐巾纸、上小碟子、上筷子……总有人为你一趟一趟跑来又跑去,让人"菜就要上了"的期待直达高潮。十几二十分钟,接待还没有应付完,服务生远远叫一声:"十号桌的菜上啦!"一盘大盘鸡一路飘香端上来。其实服务都很平常,店家营造的是一个热情不怠慢的氛围。

二曰热气。大盘鸡必须现炒现上,讲究趁热吃,滚烫的鸡肉不腻,热气飘逸还让嗅觉参与加分;面要刚出锅不过凉水的,因为有些人吃菜慢,叫面的时候,盘中汤汁已凉,需要热面激活;茶要少倒勤添,滚烫冒气的,清爽口中的油腻,还能压住麻、辣。平时吃饭不出汗的人,吃大盘鸡也要准备手绢之类。常有人因忘带手绢临时用餐巾纸抹汗,纸屑沾在脸上,憨态可掬。我早年常去一家大盘鸡小店,有次喝醉信口涂鸦题一首《七律·大盘鸡》,让店家请人写了贴在墙上,后来不知道贴了没有。去年去那地方,物换人非,已盖了楼了。还记得那几句:

红白黄绿五六色,

麻辣甜咸二成汤;

本来已有九分味,

一烫又添三分香。

当地人常向外地人夸口沙湾大盘鸡十二分的香,该引此诗为证。

三曰热闹。沙湾人喜欢聚在一起开大盘鸡店,嫌城里店面零散,就一起到城西两公里外的路边荒滩上盖房,几十家一字排开,屋外搭凉棚,一溜八仙桌的大排档,相邻之间不隔不拦。这一聚,果然聚出了人气,吃饭时间,大小汽车呼啦啦停一片,客人你挤我等,攒足了口水就等那一口香。

快

大盘鸡迅速兴起与沙湾人简捷的生活方式有关。

沙湾人做事节奏快，不做过场，直奔结果。这一点本地人倒没有感觉得出来，是塔城人说的。

塔城人喜食风干肉，马、牛、羊、鹅、鱼无所不熏，用来配菜下面、做抓饭，口味很好，缺点是煮肉烂得慢，让食者等得久。

风干制品源自游牧民族，以前没有冰箱，吃不完的肉熏起来，可以存很长时间不腐烂。塔城人喜欢交友请客，你来我往，以前都在家里，独门独院的小平房，吃、喝、玩，载歌载舞。后来居民多住上了楼房，唱歌跳舞影响邻居，家庭餐厅便应运而生，据说开了三五百家，各自靠着朋友圈子撑持，也还都有生意。

下馆子，点饭。店主不紧不慢去割肉，下锅煮，上桌要两个来小时。客人干什么？主人早有周详安排。客人来先摆牌桌，打四把叫一小圈，四小圈为一大圈，刚好两个小时左右，因而也有外地人开玩笑说，塔城人打麻将的这种规则是专为煮风干肉设计的。肉上桌，拿了小刀慢慢地一片一片地削食，一片一片地分食。食毕，还上牌桌。塔城人嫌传统的"一把和"太快，心疼每次都还剩那么多的牌没有摸，就发明了"杠后花""螺丝和"的玩法，直到把牌摸到一张不剩，这和吃肉要吃到盘子见底、喝酒要喝到瓶底朝天一个做派。

沙湾人进餐馆，不等人，叫了就要上。熟悉的馆子奔过去，一见人多，掉头就走。喝酒也是大杯满斟，几杯见酒力，直奔目的而去。就连打牌，以前沙湾人也只选择纸牌而不选别的，嫌别的太慢。用纸牌只取三张，叫做"诈金花"，半顿饭的工夫就见分晓，起身各干各的，想玩了下次再说，从不恋战。时间就是金钱，没有谁和钱过不去。吃饭打牌如此，说话也如此。遇着话不投机，甩袖子走人，没空理你。

沙湾是塔城的东大门，两地人交往笃深。我感觉，沙湾人虽然嘴上说塔城、阿勒泰人有山谷惰性，伊犁人有河谷惰性，可私下里他们是羡慕向往那种悠然随性的生活的。

前两年我被派去塔城挂职，刚去的时候总感觉经常有人迟到早退，久了就免不了问一下，你们怎么不准时上班呢？

他们很吃惊，说怎么不是准时上班呀？

后来我明白了，知道是个观念问题。他们是十点上班，十点出家门；两点下班，两点要走到家里。准时的要求也在遵守，只是路上的时间是公家的。

我很诧异。多少年，我一直都是站在秒针的尖上赶工作，早到或晚走个把小时十分常见，因此每看到他们晚半个小时才踏着方步进办公室，就想人怎么能这样工作呢？可是过了大半年，等我快要回沙湾的时候，我已经被这种悠然闲适的生活沉浸了，觉着人就该这样生活。

沙湾人事事追求修平治齐，做好自己的，儒家思想影响极深，可能也算是大盘鸡产生的人文土壤吧。

大盘鸡在沙湾改革开放大潮席卷之时产生，自然也带上了浓郁的多元文化特质和现代生活气息。大盘鸡初兴之时还没有机械拔毛的，店家都是在门前备一只铁丝笼，鸡就关在里面。客人到来，店家逮出一只鸡，客人看了点头，店家便拿入后堂，宰、烫、除毛、剖解、炒制，一般一二十分钟上桌，这一条龙的操作就在服务生为客人摆凳子看茶水的当间完成，味道恒定的香美可口。既讲吃好，又不费时；既能以美味宴客，又简单不奢华。大盘鸡应该是沙湾人贡献给现代社会的第一样酒宴快餐了。

拌

　　大盘鸡无论在特色创意的路上走多远,终究要回到新疆菜式的大招。

　　新疆菜式的大招是什么? 一个字:拌。

　　南方人吃饭,饭是饭,菜是菜,这种餐食习惯叫"就着吃"。"就着吃"的习惯,又反过来影响了南方菜的烹饪理念:菜要一样一样就着吃。这样,单一食材单独烹饪,一餐需要几菜几汤,遂成风俗。

　　清楚这一点,我们才容易领会新疆人"拌着吃"的高深莫测。

　　这得先从新疆的家常面食"拌面"说起。拌面不是一个动词,是食物的名称。拌面的面,指拉面,有筷子头粗细的圆棍的,有小手指宽的薄片的。菜可以是客人喜欢的各种蔬菜,与羊肉或者牛肉爆炒,重点是要有汤汁。面盛在大碗或者稍大的盘子里,菜端上来,趁热浇在面上,剩下的工作就是仔细地拌,拿筷子上下拌,沿盘子内外拌,直到面、菜、汤汁浑然一体,滑溜到"吸溜"一声,一大筷子面吸入口中。嘴里嚼着,手里继续拌着。一盘子饭,吃完拌完,丁点儿不剩。

新疆的其他几种家常饭食,一样一个"拌"字了得。抓饭是米、肉、菜、干果的聚会,有时与薄皮包子搭伴,也有米、肉、胡萝卜在一起拌的;包子是面、碎肉、皮牙子的一种拌,再有一两个小凉菜佐餐,就非常圆满了;炒菜,一样喜欢大杂烩;还有更直接的,干脆把一种面疙瘩与蔬菜做成的汤饭叫"拌汤"。美味不一定要丰盛。激活单一食材的本味,是厨师的本心,找见食材相遇发生的奇妙口感,才是厨师的智慧。

馕,是另外一种拌。馕看似一张面饼,与甘肃的锅盔、陕西的烙饼、宁夏的油饼子没有多大的区别。但是,你吃到嘴里就会知道,这是全然不同的。通常吃锅盔等饼食,需要就菜、就茶水。吃馕却不需要,也不会噎着。馕是一种奇妙的拌。面饼、葱花、皮牙子、芝麻、盐水,通过馕坑瞬间的高温拌和。这种瞬间高温制做的馕饼,一饼之上,还有干湿、厚薄、硬软的独特构造。这是馕的美味与任何面饼不能比拟的奥秘所在。

新疆人的传统用餐,不讲究七个碟子八个碗的,不区分食物的高低贵贱。这与内地人有鲜明的不同。内地人似乎干什么都要论个主次高低。吃个便饭,主食是什么,佐餐是什么;喝酒上菜,主菜是什么,配菜是什么……人的等级区别,延伸到了对物的阶级分层。

当然,新疆人的拌,不是随意拌,而是有深刻学问的。这里面,食材的搭配、营养的调和、味道的兼容、形色的审美等等,无一不是祖辈的经验积累和文化传承。

大盘鸡烹饪,虽然集合了爆炒、红烧、炖、蒸、烩、煮等,几乎十八般厨艺都用上了，但最后一哆嗦，回归于拌。食材的拌、炒勺里面的拌完成以后，交给食客继续拌的工序。皮带面与大盘鸡汤汁的相遇相拌，才是一顿大盘鸡饭的高潮。有了这个拌，那些美味的鸡肉呀、可口的土豆呀、爽快的辣椒呀就皆为前戏，皆为序幕，皆为打底。

大盘鸡的拌，表面上是肉、菜、面、汤的交融，背后是新疆文化的一场风云际会。

新疆饮食，以天山为界，大体上呈现"南烤北煮"。

烤和煮，最初都是以肉为主。南疆有烤肉、烤鱼、烤包子、烤馕，连鸡蛋都烤着吃。北疆煮羊肉、牛肉、马肉，清炖鸡清炖鱼，连吃韭菜都要焯个水。

烤在炒菜上的转换，是猛火爆炒，食材皮焦里嫩。大盘鸡在鸡肉炒制阶段，体现了南疆的烤食经验；在炖、烩阶段，体现了北疆的煮食经验。这是一样菜食当中，对南北疆饮食文化的一种牵手，一次致敬。

大盘鸡最高妙的拌，是"四族文化一菜传"。这也是大盘鸡创始的文化源代码：汉餐的烹饪技法来做，哈萨克族人的纳仁面来加持，维吾尔族人醒面的大盘子来盛，回族厨师的名声手艺来传承传播。这里似乎隐藏了某种文明共同体的基因。大盘鸡在出现以后，首先得到新疆本土各民族群众欢天喜地地接受，能够成为各民族同胞坐在一起同做共食的一道美食，与它潜流其中的多元文化基因密不可分。

拌得好，拌出一餐欢喜美味，拌出一地风味珍馐，表面是厨艺混搭，终究是文化糅合，是灵魂相认。

新疆人有一个词，叫"缠拌"，说：这两个人整天缠拌在一搭里。那个意思，就是这两个人情趣相投，干啥都掺和着，谁也离不开谁的样子。

这个在新疆很正常。不忙的时候，我也经常会和我的哈萨克族的、维吾尔族的、回族的、蒙古族的朋友，在大大小小的那些大盘鸡店里，缠拌在一起。

大盘鸡的武　食客的文

一种饮食的风靡，自身精美不用说，还须有人提倡。

第一流的厨艺才能招来第一流的客人，知味者自会形诸声色，使其传遍遐迩。名吃的生命，必得以名厨的不断创制和名士的口碑传扬而光大久远。大盘鸡今日的身价，文人笔宠之功不可埋没。

吃舒坦了，鼓吹一番，是文化人消化美食的独门技艺。

自古食道之发展多得益于文人，或吟咏称美，或赐以佳名，或转述传播。大盘鸡应不算精洁美馔，但它特立独行的风格与味道，能立时引起食客的兴趣，为之踟蹰，不能忘怀。尤其那番粗犷简约、大器大味，似隐约勾勒起文人游子襟怀抱负里一种期待的快意淋漓，欣欣然求而食之，且必求其本味而食之。沙湾许多看似不起眼的大盘鸡小店里,留下南北文人墨客题字作画的很多。点击互联网,"驴友"在新疆求食大盘鸡的帖子数百万条。当然也有缺憾,千里之外的网民不能到新疆一尝本味,就在网上热炒大盘鸡的做法,有些已逐渐离谱,大盘鸡本来面目全没有了。

这当间,沙湾的文化人是极可爱的,他们不论走到哪里,都要把大盘鸡搬出来炫耀一番,仿佛肩负着什么使命。其实哪个大盘鸡店的店主也不会少收他们一文钱。

文化人对家乡的文化事件敏感且惺惺相惜。尤其一个作家,他塑造的任何一处精神家园,终究牵扯着他故乡的灵魂。作家对家乡的迷恋没有功利,没有生意,没有政绩,只有掩饰不住的唠叨和赞美。

文人宠爱大盘鸡,还有一个隐情。这些人钱不多,交友却广,要面子,充性情,见了就要喝个小醉醺醺。大盘鸡一盘,又是下酒菜,又是填肚子的主食,朋友来了,"去尝尝我们的大盘鸡吧",大大方方,面子也保住了,存折余额也保住了。

沙湾人多擅文。擅文的里面又多出作家。作家里面又多出大师名家。群体文学成就一项,沙湾在整个新疆拔地高耸,没有第二。

这和大盘鸡有关联吗? 有。

沙湾不是仅有一个文学群体,而是有"三大文化群体",每一样都可以当做奇迹看。

先说说"沙湾作家群现象"。

地理上的大沙湾区域,包含现沙湾境内的兵团农场,也涵盖玛纳斯河中游左岸承袭悠久的历史农耕地带。在现行行政区划分割以前的数百年里,它们是完整的文化有机体,并且有一个固定的名字叫"萨瓦里(沙湾庄)"。这个区域在地理上还有一个共同源头,它们恰好是源出沙湾天山的三条"金玉之河"玛纳斯河、金沟河、巴音沟河的重叠冲积平原。

在这个范围,近三十年内走出的全国知名作家、艺术家、文化人士达十余位,包括霍斯力汗、刘亮程、陆天明、陆川、易中天、曹永正、秦风、韩子勇、董立勃、黄毅、帕蒂古丽、李娟、红柯、李东海等,这里面有几位是国家一线的代表性作家艺术家。就拿作家李娟来说吧,大家都认为她是阿勒泰人,但从她的叙述我们知道,她出生在阿勒泰牧场的冬窝子,而那个冬窝子,就在沙湾境界的古尔班通古特沙漠里,属于玛纳斯河下游尾闾湖地带。同时,出生在沙湾的还有在新疆及以外具有一定影响力的一批实力作家,如诗人如风(曾丽萍)、编剧萧云以及方广镅、张景祥、去影、侯文基等,还有出版过多部书籍的本土作家,在网络写作方面影响力遍及全国的沙湾青少年学生作家。据我知道,沙湾还有一批隐形作家,积累了很多很好的文学作品,没有拿出来,是因为周围的光芒太强,自感有差距,便把自己创作的作品压入箱底而没有公示于众。但就我看过的一些作品,要是在其他县市,作者或许早就被追捧为当地名人、本土知名作家了,在沙湾,他们只好隐秘地存在。

再说说"沙湾地老板群现象"。官方一点讲,是"沙湾农场主群"现象。

沙湾是农业大县,有文字记载的农耕传统能够上溯到唐、元、清及民国。这种情况在当年的西域并不多见。沙湾的蒙古语地名"萨瓦里",是粮食圣地的一种表达。沙湾农民有深厚的土地情结。沙湾没有外地人在本地承包土地的,但是,有人统计过,整个塔城地区一半以上的大额承包土地的,新疆占一定比例的大额承包土地的,是沙湾人。一户人家承包数千亩上万亩土地的地老板在沙湾比比皆是。沙湾农民在种地热情、耕作技能、资金投入能力、现代农业科技应用等方面,在新疆首屈一指,农业机械化自动化程度,在全国处于领先示范地位。在南北疆许多地方,有一个不成文的规矩,在大宗农业用地招租的时候,如果同时竞标的有沙湾人和新疆其他地方的人甚至内地人,中标的不出所料会是沙湾人。沙湾地老板有能力投入、有经验管理，还能够带动当地人提高农业技能，这个标签已经是不可估量的无形资产。留在沙湾人身上的这种悠久的"农本"文化和"农匠"精神，在新疆具有非凡的意义。

还说说"沙湾创始人群现象"。

在作家群体与地老板群体的中间地带，存在一个广泛意义的创始人群体，就内在人群和文化内容来讲，三者相互覆盖，相互支撑，又各自为用，自成体系。

沙湾人喜欢琢磨事，喜欢做别人没有做过的事情。地老板群体不是一个有钱的结果，而是在管人管地、因时施种、丰产增效等诸多方面先人一步、高人一等的结果。经营餐饮，也是时刻关注客人的口味变化、不间断推出新的菜品、尝试市场反应的过程。创始大盘鸡只是其中一个，还有许多内地烹饪技法与新疆饮食风俗结合而成的菜肴，是从沙湾创始以后传播出去的。文化创意、文学创作、知识创见、技能创新、制度创立、工作创优、发明创造、开拓创始……总之在各行各业，"创"已经成为一种文化形态、意识形态，作为一种"创始力"而存在。沙湾这个创始力，在广义上包含了自然方面的独有现象和气场，包含了历史上诸多的首善之举，以及当代不断出现的创始成果。沙湾的这样一个首创文化，不是简单的一些发明、专利、概念的拼凑，而是具有普遍影响力和深远社会人文内涵的事件、成果、思想、精神的聚集，它们在过去、当下以及未来，对普世的生活生产方式，具备传承、教化意义。

理解了这些，我们才可以理解沙湾何以有拔地高耸的文化形象。这个文化形象，地老板群是底盘，是身体；作家群是云端，是精神；各行各业的创始人群，就是活力，是融合身体与精神的缤纷文化生活。

如果要为沙湾人文地理完成一个画像，这个画像，有这三要素，就是完整的、鲜活的、真实的，也是风姿卓绝、独一无二的。

这个画像,流动着沙湾的过去命运、当代身形、未来走向。这个三体合一的文化体,就是沙湾文脉、沙湾地格,就是"沙湾"生命体。文脉是一种潜流,在皮肤之下,现象之中,任何一届主政沙湾的地方官,把握好这个文脉,就能使其天公抖擞,开一地风尚,见一树花果。

话再回到大盘鸡。饮食流变,实为文化传承,既赖于经济的发展,更臻于文化的提高。没有有格调的食客,便造就不出有品味的厨师;而没有精绝的饮馔,也培养不出知味老饕。二者相互依存,谁也离不开谁。

我观沙湾内外文化人喜食大盘鸡的缘由,一在大盘、大块、大色、大味的粗犷之形,一在大聚、大烩、大气、大情的致和之神。看似粗枝大叶的一盘,藏着细腻的讲究和有分寸的刀法,也藏着恻隐其间的襟怀和阳光普照的人性。

平常之中见筋见骨,是这道菜食的风格吧。

而文人,见菜,亦见菜品;食味,亦食风华。

第五辑

天下鸡事

说　鸡

鸡的变迁可谓一部悲情史。

自由快乐的原鸡曾经生活在地球的每一处,为世间万物叫醒漫长历史的每一个清晨。在追随文明的人类走出森林的最初,鸡是以"神鸟"的身份被侍奉的。

古人有赞"不为风雨变,鸡德一何贞"。

天有不测风云,人有祸福变迁,鸡也一样,不知从什么时候成了人类的盘中餐。然而这一切丝毫不会影响雄鸡夜夜准时唤起太阳,叫醒万类。我们的古人曾经把鸡以先贤的标准圣明化。《韩诗外传》对鸡作了这样的描述:"头戴冠者文也,足缚距者武也,敌在前敢于斗者能也,见食相呼者仁也,守夜不失时者信也。"为其总结了文、武、勇、仁爱、诚信五大美德。古人不仅颂鸡为"德禽",还把每年的首日，也就是正月初一，命名为鸡日，由司一日之始，而司一年之始。古人认为鸡既可司晨，又能祛邪除魔，身体里一定附有超自然神力。

那时候，吃鸡是犯忌的，要遭天谴人怒。

后来，随着人类聪明度的增加，有人觉悟到鸡打鸣本是生理天性，如同天一亮鸟儿都起来鸣叫一样；至于除魔，也是个配角道具。这场变故我想一定是深知鸡味的谗佞之人捣鼓的，让鸡转眼之间走下了神台提上了灶台。

在这一过程中，那些把鸡推上圣坛的文人还继续保持着一些含蓄，在世人大嚼鸡腿的时候，他们仍然有情有义地把鸡留在诗境里。

> 风雨如晦，
> 鸡鸣不已。
> 既见君子，
> 云胡不喜？
> ……

在《诗经》里，小鸡们总是在情人的中间和缠绵的场景里巧妙地出现，传达着那时的人们难以言说的急切。

大唐盛世，诗人遍吃天馐，但在笔底下，依然对鸡还能留着些情面和怀想。

> 鸡声茅店月，
> 人迹板桥霜。
> 人家在何许，
> 云外一声鸡。

鸡带着故人的亲切和家园的记忆，在游吟的诗行里隐约地叫几声，游子的梦仿佛就踏实了。

> 故人具鸡黍，
> 邀我至田家；
> 绿树村边合，
> 青山郭外斜。

这里的"鸡黍"一定不要误解，不是鸡肉，而是指待客的饭食，古诗句就这个写法。但是后来，已然将鸡与猪酒同看了。

> 鹅豕鸡栖稻粮肥，
> 山村水阁酒旗风。

到清朝，文人便彻底不抵鸡香的诱惑，干干脆脆地丢下了全部的虚伪：

> 麻辣子鸡汤泡肚，
> 令人长忆玉楼东。

可怜，就连王闿运这般大儒，也直奔鸡盘而去了。

> 无鸡不成宴，
> 无客不食鸡。

自此鸡成了这个世界上每时每刻都被大量屠杀的生命,以至没有人知道鸡的自然寿命该是多少。公鸡一岁,老母鸡两三岁,也就该到头了。然而人的残忍并不是就此打住。20世纪八九十年代,人们似乎不再愿意分什么锦鸡、土鸡,甚至也不分什么公鸡、母鸡了,一律看好一种叫"肉鸡"的东西,发明了机械化的流水养殖方法。一只鸡由蛋孵化为雏鸡,又由雏鸡养成成品鸡,出售宰杀,其间只有短短的四十余天。为刺激生长,有恒定的强光照射;为防止脂肪消耗,限定在一个转身都困难的空间环境,不间断地喂食,还要把喙和爪尖都剪断以防止互啄咬斗伤了肉质。鸡不再是一种生命,而成为一种工业化产品了。

　　鸡似羊,性皆弱。虎性暴,也只图一顿饱餐,且是帮着淘汰动物中的孱弱者,从不赶尽杀绝。我不知道该怎么来形容人性。本来,人该是最"人性"的,但后来我想,"人性"其实是一个形容词,代表一种理性仁爱的境界,这种情感关乎天良,并非只有人才具有。"虎毒不食其子",应是人性在虎身上的表现。

　　忽然记起早年看过一篇短文,数过,不足八十字,由"鸡"和皆与其谐音的三十几个不同汉字写成,题为:《季姬击鸡记》:

　　　　季姬寂,集鸡,鸡即棘鸡。棘鸡饥叽,季姬及箕稷济鸡。鸡既济,跻姬笈,季姬忌,急咭鸡,鸡急,继圾几,季姬急,即籍箕击鸡,箕疾击几伎,伎即齑,鸡叽集几基,季姬急极屐击鸡,鸡既殛,季姬激,即记《季姬击鸡记》。

用白话文说,是这样的:

季姬闲来寂寞,罗集了一些鸡来养,是那种平日里跑在荆棘丛中的野鸡。野鸡饿了叽叽叫个不停,季姬就拿竹箕中的小米喂它们。鸡吃饱了,跳到季姬的书箱上,季姬怕脏,忙起身叱赶鸡,鸡受了惊吓,就又跳到几案上。季姬急了,就拿竹箕扔过去打鸡,竹箕的速度很快,却打中了几案上的陶伎俑,那陶伎俑掉到地下,竟粉碎了。这下子季姬更急眼了,一看鸡还躲在几案下乱蹦乱叫,一怒之下,脱下木屐来追打,把鸡打死了。季姬看见鸡死了,便又想着过去和鸡相处的情形,季姬激动起来,就写了这篇《季姬击鸡记》。

短短几十个字,才情并叙,写尽了人与鸡的悲喜交集,也写出了中国文字的精妙绝伦,千古奇文,不忍割舍,且共赏。

养 鸡 者 说

　　新疆开始商品化养殖肉鸡是在1988年前后,与大盘鸡的出现似成巧遇。而各地大规模的建场养殖肉鸡,就与大盘鸡的兴盛有关联了。

　　"肉鸡"是民间一种叫法,也有叫速成鸡的,都是为了把使用添加剂养殖的鸡与"土鸡"相区别。其实肉鸡也有具体的品种和名字,叫"艾维茵""双A"什么的。品种不同,肉质、口感、香味就不同,同时不同配方的饲料,也对鸡肉的肉质产生不同的影响。给鸡喂食也要讲究营养平衡。农家鸡好吃,一是长够了年头,二是散养的鸡除了吃主人撒的杂粮,还会自己调整营养,到野外刨食虫子、菜叶、草籽之类。如果把农家鸡圈起来,只让吃些谷物,那鸡肉的香味也会差了些。

人们突然打开的疯狂吃鸡的胃口，让鸡的价格在20世纪90年代初一路高升。正是从那时候起，一只鸡的生命历程被以天数和克数来定制了。

　　种蛋被成批量购进鸡场以后置入孵化器，由电脑掌控的机器自动保温、加湿、翻蛋，二十一天后鸡苗出壳。这一天被叫做鸡的"零日"。这些小鸡不知道自己有母亲，就像其他由母鸡孵出来的小鸡不知道自己有父亲一样。一至二十天，吃"小料"，催肥至重量达到八百克；至三十八天，吃"中料"，长肌肉重一千五百克；其后开始吃"大料"，催肥，每天增重二百克，至四十五天重量达到二千五百克。

　　四十五天，二千五百克，这是定数。这一天，鸡们出笼，出鸡场，上路。运气好的可以被自然的太阳照耀一会儿。至于太阳，它们看不到，因为眼睛不能适应而必须紧紧地闭着。从这时候起它们的主人叫"鸡贩子"。可这位主人只管一路。路走到头是鸡市，鸡市里就设着屠宰场。

　　下一站是饭店。在那里它们被精心料理，重新塑造，重新起了无数美好的名字。其中一个叫"大盘鸡"。

　　对于鸡来说，似乎是一个很荣耀的归宿。

　　曾栖农家东篱墙，

　　忽复白身上厨堂；

　　活时千唤你不醒，

　　一盘端来你眼亮。

　　这是我以前给鸡咏过的打油诗。肉鸡过四十五天如果还卖不出去，后果就极其悲惨。过四十五天，鸡逾越了被饲料成分所控制的生命极限和体重极限，体温迅速增高，关节肿大瘫痪，肝、肺病变，身体出现白血病症,兽医分析说还至少并发七八种怪病。到五十天,通常大喘而死。

最近几年人们逐渐明白了这些,许多人不再食用肉鸡,改食饲养周期稍长的"麻鸡""三黄鸡"。自暴发过禽流感以后,有人感觉大盘鸡店的鸡肉味道好起来了,有的店家说是用了土鸡,其实,现在农民养几只鸡都自己吃了,没有卖的。店家们炒制的,实话说是"蛋鸡",同样来自养殖场。

鸡的规模化生产,有三个环节,一是培育种蛋,一是孵化鸡苗,一是生产成品鸡。小一些的鸡场专营一项,大型的也搞流水作业。蛋鸡在整个鸡的生产环节培育种蛋或者生产商品鸡蛋,有点像蚂蚁中的工蚁,只为工作而存在。

一只商品蛋鸡,从零日生长到第一百五十天产第一枚蛋,再到第五百一十天产下最后一枚蛋,共产蛋二百二十八枚,重二十一公斤,其后被淘汰。蛋鸡正常第一周产六枚蛋,自行调休一天;第二周产五枚蛋,调休两天。十四天一个周期,产十一枚蛋。生产种蛋的种鸡,一周产四枚蛋,笼养的要经过人工授精完成这个任务。

大盘鸡红火起来以后,跟在后面的蛋鸡场销售鸡蛋,孵化场销售鸡苗,养殖场销售商品鸡,饲料场销售鸡饲料,还有专营鸡药的,专拔鸡毛的,专门各环节贩鸡的。沙湾的金钱第一次有了一个可以看清的流向:靠鸡挣进来,吃鸡花出去。高峰期的1995年到2002年,沙湾县城周边开有不下二十家大小养鸡场。农村养殖业也是你追我赶。我去过的金沟河镇泉水地村,家家都有一个小养鸡场,那时候村上的光棍在那几年有八九成娶上了媳妇。

据有关数据显示,仅沙湾一地,这些年来每年家禽出栏数约三百万只,存栏约一百六十万只,年均养殖总量接近五百万只。这个数字与大盘鸡出现以前的1985年约二十万只相比,增加了二十五倍。各地来的鸡贩子,把沙湾的商品鸡收拢起来销往周边市场。

养鸡场的好日子到2003年的时候停顿了一下。2003年肉鸡大批地得了一种叫做"肾心传肢"的怪病，2004年闹"非典"，2005年开始"禽流感"。经过这样几番折腾，有七成养殖场扛不住，一亏再亏就关了门。能扛住的，也只敢小批量养殖了。

近几年人们慢慢怀念起土鸡。土鸡好吃，是吃鸡的人讲的道理；肉鸡利大，还有市场，是养鸡的人讲的道理；土鸡价格高，而且不能保障供应，是做鸡的人讲的道理。相持的结果，是养鸡的人用土鸡蛋孵化雏鸡，添加一些肉鸡的饲料喂养，炒进锅里不是行家难以分辨出来。做鸡的人和养鸡的人总会串通，吃鸡的人窝一肚子火，终究还得一叫几盘地招待客人。

要收罗真的土鸡，就得到边远山区去。那儿的人不傻，一只鸡开口就是八十元一百元。如果遇上那种漂亮的芦花大公鸡，掏一百六十元也不一定给你。

因此养鸡人又说，我们养肉鸡是挽救土鸡的慈善之举，没有肉鸡一只十几元哪有土鸡的一只八十元呢？我们既满足了鸡市的需求，又保护了土鸡的价值，刺激农民多养土鸡，提高了农民的收入。这是养鸡人的又一重逻辑，道理比肉鸡的骨头要硬一百倍。

肉鸡的出现，可能真如吃鸡人讲的，活生生把人间一道美食糟蹋了。肉鸡不仅害鸡，还害人，农村人从来不吃，说它"毫不利鸡，专门害人"。有人就说这些年人得的许多怪病，都和肉鸡肉鱼肉羊有关系。

台湾著名作家高阳在一篇论及饮馔的著述中，对肉鸡的出现深怀痛楚，以至不能自忍地借题骂人了。他讲：

"鸡之为用极广，筵席中，自冷荤、热炒、大菜至汤，皆可用鸡，而不嫌重复；或为主，或为配，无所不可。鸡，实为食料之王。可惜自有洋鸡以来，几无纯种土鸡；用夷变夏，贻害无穷，老饕真要骂一句：'始作俑者，其无后乎！'"

悲喜交给鸡

吴鸡头和杨鸡翅

孟子说"口之于味有嗜也",讲得可怜巴巴。其实就有这样的人,好端端的大盘鸡不吃,非要厚着脸皮求人炒那些鸡身上的"不洁"部位来食。城郊有个姓吴的,原本是个猪贩子,却偏爱吃鸡头,每天把收的猪卖了,就到宰鸡的地方去,收罗人家不要的鸡头,到饭店里让按照大盘鸡的做法来炒。起初人家不给炒,他付十几元加工费,后来混熟了也就只收个油菜钱。

吴鸡头是店家开玩笑叫出来的,他听了并不气恼,有人直呼他还应声。他一盘要炒十几二十只鸡头,就着一小瓶白酒一气吃光。吴鸡头吃鸡头极精细,能把鸡头啃得青光发亮,形似一只活灵活现的小鸟。

每当吃得差不多了,吴鸡头就开始炫耀一手绝活。他拿着啃得青光发亮的鸡头给别人,赌谁要是能用一根牙签囫囵打开鸡脑壳让他吃上鸡脑,奖一头大猪。在别人围一堆儿七嘴八舌不知道从哪里下手的当儿,他接过鸡头,用牙签在鸡头后颌两边轻轻一顶,两手一掰,听见咯吱一声,薄薄的鸡脑壳被完整无损地揭下来。

1997年的时候听说吴鸡头得脑出血死了。不知道还有没有人能用手工打开鸡脑壳。

杨鸡翘是个收酒瓶子的。生意好的大盘鸡店,每天能扔掉几十个鸡翘,也就是鸡屁股上长尾毛的凸出部位。他让店家炒了,一顿最多时能吃三十几个。杨鸡翘和吴鸡头比起来没什么特别处,只是肚子大,因为人矮手短,搬一筐空酒瓶子走路的时候,筐子就像搁在肚子上面。

毛 老 七

毛老七是个闲人,三十几岁什么也不干,整天在街上逛,把城里城外有大盘鸡的饭馆吃了几遍,然后给人说还是某某某的大盘鸡好吃。经常如此,仿佛他是个专业品鸡的,其实谁也没有叫他干这个。

这人吃鸡喜欢巨辣的,有一年痔疮割了两次,听说后来还割过。网上说那些年沙湾有些人天天以大盘鸡为食,几乎个个都得了痔疮,那是谣传。但毛老七吃出了痔疮确有其事。因为管不住嘴,后来就成了漏肛,也是我知道的。他老婆就说他浑身一股鸡粪味道,洗都洗不掉。前些年又听说他得了一种奇怪的病,浑身发痒,别人说是不是要长鸡毛了。再后来就没有听到过这个人的事情,有六七年了吧。

不知道是不是离开本地了。

黄 半 截 子

20世纪90年代初,沙湾县城东边的机关农场住着一家姓王的,靠着在独山子运输石油挣了些钱,出过一次交通事故后把车卖了,就近把路边的土坯住房改成饭馆,卖大盘鸡、大盘鱼,有些名声。

那些年沙湾风行赊账,请完客签单子走人,是很有面子的事情。口袋里装着钱也不会掏,没有威信没有名气的人才会当场付钱。生意越是不好的饭馆,就越得靠欠账来拉客。不光是吃饭欠账,连商店、菜店、洗头、跳舞都欠账。

那时候在机关农场租房住着一个包工头,姓黄,整天东吃西喝,胡吹冒聊,说话有一句没一句,背后人都叫他"黄半截子"。黄半截子与开饭馆的王老板住房隔两条巷道,混得很熟,两三年下来,就欠下了三万多块钱的吃鸡钱。王老板不敢再让赊了,黄半截子一去他就吊个脸爱理不理。谁知黄半截子干脆再不露面。几个月后,王老板好不容易在一个地摊子上堵住他,向他索要饭钱。不料黄半截子一翻脸,说,谁欠你的钱了。

王老板气得脸发紫,从包里掏出一大沓白条子,拍着响声说,你怎么能睁着眼睛说瞎话呢?

黄半截子伸手指着那叠纸说,那东西屁用也不顶。

王老板看见他伸出的手有一个手指是半截子,当时噎得半天说不出话。

原来这黄半截子没文化,每次欠账都是别人替他写单,他按个手印。后来听人说,他那半截指头是欠了一家砖厂几万元的砖钱给不了,争执起来,砖厂老板骂他,说你把那根手指头剁了,我把条子烧掉,黄半截子顺手操起切西瓜的刀就把事办了。

有吃相的李老师

以前在"上海滩"一带开大盘鸡店的,许多人都知道这个李老师。李老师生得不斯文,可举止斯文,戴一副大黑边的近视眼镜,在附近的大泉乡里教书。李老师每个月要吃几次鸡,其中多半是没人请也不请人,自个儿来。一个人吃大盘鸡的极少,所以店家都注意他。进门,选亮堂处坐定,点半只鸡,每一次都交代不要太辣,连说三遍。坐下后,先吸溜声响地喝一碗热茶下去,铺一面餐巾纸在桌上,取一头大蒜慢慢地剥,剥净一瓣放在铺好的餐巾纸上,抿口茶再剥。一头大蒜剥光,半盘鸡上来。虽是一个人吃,鸡盘也定要放在方桌的正中间。首筷夹取一块葱,在盘子边上的热汤汁里蘸一下,入口细嚼,可能这样容易催开胃口吧。二筷取鸡肉,从大盘放入小餐碟,认准下口之处,再稳稳挟起,一口两口肉尽,咬骨而吸其髓,哑哑有声。肋部则连骨嚼食,同样吧唧有声。三筷土豆,四筷辣椒。其间食生蒜一瓣,程序重新开始。肉、菜俱尽,加皮带面,仔细拌和,一小碟一小碟盛了吃。面尽汤竭,无一浪费。食间右手持筷,左手隐隐攮住餐纸,每食一口,轻拭一下唇角,整个过程目不离桌,身板挺直,庄严肃穆。

李老师有一绝技,与别人一同吃鸡时,能从露在外面的一只鸡爪,知道另一只鸡爪在盘底的方位,一筷捞出,十有八准。后来人猜他是教数学的,懂概率。

卡 车 吃 鸡

1992年前后,自东向西穿越沙湾县城的乌伊公路边上开有一家叫

"腾达"的饭馆,专卖大盘鸡,浓麻大辣,生意火爆。老板二十出头,姓刘。一天,天刚麻麻亮,店里伙计在后堂清理先一天夜里的餐具,忽然一声如雷巨响,房摇墙裂。伙计以为地震了,急忙拉开后堂的门往外跑,却见一个巨大的红家伙破开屋墙掀起屋顶堵在前厅里,立时吓瘫在地上。

这个大红的家伙其实是一辆红岩大卡车,是石河子一个联营车队的。司机新婚没几天,以前路过常在这家饭馆里吃鸡,头天夜里还带媳妇来吃了一顿。回去没有睡足觉,天不亮又起来往伊犁送货,进到沙湾县城迷迷糊糊又想着大盘鸡的事情,车子就鬼使神差冲着鸡店进去了。那天如果是吃饭时间,准会有人要压在卡车或被撞倒的墙下面。

刘老板此后很多年没有再敢想开店的事情。近年心理上平息了,又重操旧业,但连着开了几次饭馆,都没有生意,自己不得不悄悄关门走人。

梁 胜 来

梁胜来是一四四团场的农工,在沙湾承包了几年修渠的活,挣了二十几万元。1998年的时候,听信一个陕西老乡的鼓动,又东借西凑了十几万元,到西安市盘下一处店面,专营大盘鸡。几个月过去生意起不来,就回沙湾在"上海滩"亲自学大盘鸡炒法,交了两万元学徒费,学了五十天,自己也认为学到家了,可一回西安就是炒不出来那个味道,一年后赔个精光。回到团场里索债的人吃住在他家里数日不散。一天夜里,他用极端方式结束了自己的人生。据说梁胜来死时不到三十岁,没有结婚,父母是棉农。

"上 海 滩"

　　"上海滩"位于沙湾县城西郊,沿乌伊公路绵延一公里多,沙湾大盘鸡的所有故事发生在这里。这一带原来没有名字,路南是乱石滩,路北不远有一个林场。改革开放初期,一些思想最先活起来谋划着做生意而又没本事进到县城里的农村人在这里垒起了土坯房子,门前搭个凉棚,开饭馆、开商店、开旅店,招待过往的长途汽车司机食宿。生意好起来后,又引来大量城里人在这里占地开店,成了沙湾最早的"特区",几年时间就很有些规模了。当时县城的人说到这个地方,称呼是"林场那咋些"。

　　"上海滩"这个称呼的出现是在1985年前后,当时香港电视连续剧《上海滩》在内地热播,许文强的派头也在全国激发了无数社会青年膨胀的野性。是长途汽车司机的到来给这里带来了商机。

　　"上海滩"这个叫法在沙湾的出现,同样是一个特定时期社会状况的缩影,无论如何,它都背负着一个地方所经历过的时代印痕。对外人,我一直耻于这样介绍它。然而这个地方,除了一条公路的名字,至今没有一个可以确指的正规叫法。

　　我初次去"上海滩"是在1987年工作以后,我的一个中学好友叫张宏斌,带我认识了他的一个哥们,叫张宝军。我第一次见张宝军是在他县外贸公司的家里,腿断了,因为骑三轮摩托车摔的。那时候我两个轮子的摩托车都还没有骑过,他已经骑三轮摩托车把腿摔断了,叫我羡慕了好几天。

　　那时候,张宝军家在"上海滩"中间一点的路南开了一家商店,路北就斜对着当时正红火地把大盘鸡名声炒出去的"杏花村"饭馆。后来的事情证明张宝军很早就有生意头脑。他看着自家的铺子,望着对面的馆子,清楚地看出了自己的一条财路来。每天一到中午,他从自家的酒缸里打上一"提子"酒,一根指头套进酒"提子"铁丝柄头上的环把里,一抖手甩起来,那一尺多长的"提子"顺时针在他的手指上旋转起来。他经常就是这样一边甩着"酒提子",一边踱着方步来到"杏花村"饭馆前的凉棚下,手腕子一抖,"啪"一声响,"酒提子"稳稳地落在方桌上。满满的一提子白酒,还是满满装在里面。他叫一盘鸡,有时自个儿吃,有时请朋友吃。老板老张认得他,有空了两个人抽烟喝茶,能聊到半下午。

如此几个月之后,张宝军突然从"上海滩"消失了。他当初在那一带是个小有名气的人,打听的人多了,就传回消息说他带着老婆孩子去了博乐,在那里开了一家大盘鸡店,生意比"杏花村"还红火,吃过的人说,味道和做法比"杏花村"只强不差。"杏花村"的老板一直想不通,张宝军从来没进过他的后堂,那几个月里他是怎么学的手艺。

张宝军在博乐开大盘鸡店五六年,赚了上百万元。后来拿着钱跟别人到外省搞房产开发,几乎全赔进去了,回来又做"口袋鸭",生意还好。再后来听说在库尔勒开发餐饮的连锁经营,自己研究配制了一种杂烩汤的料方,与丸子汤相似,又按现在人的品味作了改进,起名"马三宝",很受食客称道。

我不敢肯定张宝军是把沙湾大盘鸡带出去的第一人,但后来博乐那个地方大盘鸡的兴起传播始于张宝军。从那个时期开始,沙湾有上千人带着成熟或不成熟的大盘鸡手艺出了沙湾,大多数我们不知道他们去了哪里。

高传江的机密

"上海滩"大盘鸡一条街一字并排着三十家大盘鸡店。1994年的时候,高传江租下8号门面经营大盘鸡,取名"土鸡羊排大盘鸡店"。过往的司机来吃得很多，但因为各店招牌相似，客人回头再来的时候许多都记不住，就进到别的店里去了。高传江就想，如果有一个容易让人记住又吸引人注意的店名，客人就不会走错了。到1996年3月的时候，他终于想到一个好店名，请人用大红的字把招牌改了，上书"机密8号"，果然立时生意异常火爆。

第二年秋天，沙湾县要召开全国精神文明现场会，县工商局的人找到高传江，让把店名改了，说"机密"是你用的吗？只有国家机关才能有机密，你一个小饭馆哪有什么机密，吓得高传江赶紧找来油漆喷掉了"机密"二字。可是，用此店名一年多大家都认准了"机密"的招牌，改了可惜。高传江再次费了点心机，想出了"鸡蜜"两个字，同音不同字，又写在招牌上。据说工商局的人又过来看过，没说什么，就走了。

应该说无论"机密"还是"鸡蜜"，都是起得极好的大盘鸡商标名称，是继"大盘鸡"起名之后最有创意的品牌化招牌。果然不到一年，石河子、昌吉、乌鲁木齐，甚至内地一些地方，都相继挂出了叫"机密""鸡蜜""鸡秘"的大盘鸡招牌。然而，高传江对这个名称并没有进行商标注册。

到2006年，高传江回过神来，想干一番大事情，跑到乌鲁木齐去登记注册，被告知在2003年的时候就已经被柴窝堡的一家馆子注册了。一家人半个月没有想通。

"鸡蜜8号"炒鸡在用料、工艺上极讲究，尤其香料配方从不示人，后堂也是轻易不让外人去看的。在"鸡蜜8号"后堂炒鸡的实际掌勺人是高传江的妻子，高传江只管备料和招徕客人。

高传江的绝活是记人。来了客人不能问名问姓，他便在服务当间留意客人们相互的称呼。一般客人，中间位尊权重者和跑腿的司机被叫得多，而这两种人正是在路上有权决定吃饭去处的主儿。待客人吃完饭出门，高老板相送，笑眯眯地叫出主要人物的官衔称谓，被叫的人自然又惊喜又高兴。

　　高传江每天迎来送往的陌生客人都很多,记忆量也就大,据说脑子里存着几千人的脸谱和姓名职位。有的外地客人来一次两次,然后几年不来,忽然有一天偶然路过又来吃饭,高传江能马上迎上去握手,像老朋友一样准确无误地喊出某经理某处长,让客人心里极满足。

　　高传江与人交谈起来显得伶牙俐齿,但只要涉及大盘鸡的炒法,就立时装结巴,把话岔开。他平时不多了解同行的情况,其实有些方法早传开了,只是他自己还认为是个机密,连店里的服务员都不让看到。

真空包装大盘鸡

　　谢顺德的真空包装让大盘鸡原汁原味地走上超市的货架,装进游客的背包,摆上千里之外普通百姓的餐桌。市场愿求已经聚集多年,而在新疆,不论是沙湾人还是沙湾以外的人,只要是经营大盘鸡的,这十几年来花在上面的工夫也一点不少。电商的出现解决了距离带来的问题,真空包装解决了时间带来的问题。但是,大家担心的是,现在出售的这个真空包装大盘鸡,很可能把大盘鸡终结了。

　　现在的市面上,是允许大盘鸡门店自行真空包装、销售大盘鸡的。问题是,这种小作坊式的真空包装,做出来的东西,它不是大盘鸡。

　　是什么? 没有人知道,只是依然叫大盘鸡。我见过一位早年做大盘鸡的老厨师,对着打开的包装袋发愣,长长地"唉"了一声,一句话都说不出来。人们曾经期望这种真空包装大盘鸡能够给大盘鸡带来第二次腾飞,事实可能是,大盘鸡将被这种真空包装断送。

　　了解一下这种大盘鸡制作的流程,我们就会明白问题出在哪了。

　　真空包装的大盘鸡,烹饪前期的选料、炒制与堂食大盘鸡区别不大。

烹饪后期,土豆不能放,青椒不能放,大葱不能放,蒜不能放,因为无法保质,并且在高温杀菌环节会变得稀烂。到了真空包装的时候,汤汁一点不能留,因为留下一点,就没有办法实现真空保鲜。为什么会这样?因为一概都是软包装。

没有汤汁,而汤汁正是大盘鸡的灵魂;没有土豆,而土豆正是大盘鸡的配偶;没有任何配菜,而配菜,正是大盘鸡家庭。等到客人食用的时候,再添水、配菜,那个味道与大盘鸡已经相去十万八千里。

我在修改这篇文章的时候,谢顺德研究了好几年的"原汁原味"的真空包装大盘鸡试验出来了。把堂食大盘鸡原汁原味地端到千里万里之外,谢顺德做了一件漂亮事。

请 客 吃 饭

人生来死去，怎一个"吃"字了得。

凡这世上的动物，一生下来，只有吃是不用学的，其他都得教了才会。人也一样。人到老，快咽气了，家人唯一觉得还能孝敬安慰的一句话是："想吃点啥？"

我们几乎所有的节日都和一样美食有关，中秋吃月饼，端午吃粽子，三十年夜饭，初一煮饺子……

可见，吃连接人的三世信仰。

民以食为天，没吃的想着吃饱，吃饱的想着吃好。吃饱是个大事情，事关天下；吃好则是个大学问，事关人生。所以，在吃面前，谁都不想藏，也谁都藏不住。

最低一级的吃好，是吃面子，叫"吃香的，喝辣的"，多就好，贵就好，显摆就好；高级一些，是吃身子，要土特，要营养,要挑食;再高级一点,吃场子,要文化,要名人,要捧场面,要出故事;最高级的吃,是吃位子,谁吃谁,和谁吃,怎么坐,怎么说,怎么敬,怎么听。一般情况下,一顿饭吃下来,"友情"加深了,各种关系都理顺了。

有朋自远方来,不亦乐乎。乐乎的表现在大多数情况下就是请客吃饭。中国人乐于请客,善于请客,精于请客。说是请客人来吃饭,其实是拿吃饭来请客,醉翁之意不在酒。西方人的AA制在中国行不通,总感觉这样太不近人情。人情,就是要靠欠、靠还,不断欠,不断还,靠这些动态平衡来表现,来拉近,来加深的。中国人不去吃没人情的饭,就像不会结没感情的婚一样。中国人也一般不白吃人家的饭,讲究滴水之恩涌泉相报。一次我去乌鲁木齐,长途客车上见了一个熟人,中途停车时,一起去吃丸子汤,他抢付了饭钱。出来后上公厕,我赶紧先走一步付了两个三毛钱,说"这个我请客",算是回请。有来无往非礼也,不然心里会一直惦着这事,太累人。

我喜欢平民之间以相聚逗乐为目的的吃饭,遇到严肃正经的饭局,就没有食欲,也没有了说话的欲望。老百姓请人吃饭,吃饭菜的味,也是吃人情味。我喜欢大盘鸡,很多时候基于这个原因。没有人敢上一盘子菜就请人办事情的,也没有人会拿一盘子菜去显摆,去装蒜。这样大盘鸡反而远离了做作,远离了功利,真正里里外外保留了一样美食的本心本质。但是,大盘鸡真的可以一盘子聚起来三朋四友,一盘子聚起来一家老少。如果你的饥饿和心机是分开的,你的美食和美意在一起,就吃大盘鸡吧。吃大盘鸡的时候,你就会感觉到人间感情简简单单,感觉吃的意义原汁原味。

酒肉穿肠

　　大盘鸡性热，但又是须有酒陪伴方显快意的菜肴。

　　吃大盘鸡不讲究多喝，有酒就行。三杯五盏，各随性情，平油辣，提兴致。许多遇着大盘鸡的人，都恨不能多长两个胃，而喝上几杯，能叫人吃个腰鼓肚圆而不感觉饱腹，很快消食祛胀，这是酒的神奇处。

　　有一个现象是，吃大盘鸡的人，喝酒一般不缠酒，吃完喝好，起身走人。大盘鸡是一种瘾，酒是另一种瘾。对于喜欢大盘鸡的人，过瘾在于大盘鸡，其他只是帮衬。但酒这个帮衬，在大盘鸡里又似乎不可或缺。

　　沙湾大盘鸡店门面都不大，一般也就里里外外能摆下五六张桌子，可家家的小后院里，全横七竖八摞一堆啤酒、白酒瓶子，收酒瓶子的三天不来，就挡道儿了。北方人和南方人对待喝酒性情有差异,但山南海北的人,吃大盘鸡多爱抿几口,看来这菜里还真是藏着一道人性的通处。

大盘鸡火了几年以后,沙湾有一种苦瓜酒跟着火了一阵。苦瓜入酒,口感上可以让烈酒变温和,效果上清热平燥,等于入肚以后解了烈酒的烈,所以一出现,就受到喜欢喝烈酒的新疆人喜爱。到2002年时,在沙湾以及新疆一些地方,苦瓜酒几乎成了大盘鸡的伴侣,好像有几年里,经常被喝到断货,价格也升了许多。

苦瓜酒还是一种可观可饮的酒。外地人初见苦瓜酒,都免不了举着酒瓶子左看右看,啧啧称奇一番。你看,一只口径两公分的酒瓶子里面,居然藏着一根直径四五公分的大苦瓜。更奇的是,那苦瓜在金黄酒液浸润间,竟如羊脂玉雕琢一般,透射出寂静、神秘的光亮。客人接下来的问题一准会是:这苦瓜是怎么装进去的呀? 主人这个时候卖个关子,客人之间就一准会为解谜争执抬杠,好不热闹。这个景象,也成了当时在沙湾吃鸡喝酒的一个仪式。

苦瓜酒讲究"瓜在瓶中,瓶在架上"。也就是说,酒瓶子要先固定在瓜架上,让苦瓜在瓶子里面长大。

要选无色透明的阔腹瓶,将结蒂期的幼瓜置入瓶中,瓶口覆以滤膜。待苦瓜自然生长至所需长度摘下来,清洗后灌入纯粮酿制白酒,不添加任何辅料,密封浸泡。初始苦瓜为绿色,待呈汉白玉色,苦瓜原汁色已溶于酒中,算是成了。从苦瓜育苗到酒酿成,一般需要十几个月时间。因为这种酒酿制的第一步是从农田里开始的,每年只一次,所以沙湾人又称苦瓜酒为"种出来的酒",很是亲切。

按中医讲,苦瓜的根、茎、叶、果实和种子均可入药,性寒味苦,清暑涤热,明目解毒。其中,又以果实和种子药用价值最高。然而日常人们对苦瓜的利用是作为一般蔬菜炒熟后食用,其种子往往被丢弃,而且在炒制过程中,苦瓜所含的营养和药用成分又流失过半,极为可惜。苦瓜酒算是物尽其用的创意。

从苦瓜到苦瓜酒,从市场上几毛钱一斤的苦瓜几块钱一斤的白酒到几十元一瓶的苦瓜酒。表面上看,这是人们思维流程中的两个环节,但连接其间的,却是一个农民的智慧。

种出苦瓜酒的农民,叫宋修江。

宋修江天生一个农民模样,文化程度不高,读过两年初中,但精明的程度,据当地人说,比大学生差不了几米。二十出头那几年,宋修江种地以外,就知道收购一些农村废旧的物件,转手换成零花钱,做些称手的小生意。一次,他听说乡上粮食储备库的大米焐了,也就是发霉了,要拉到野外倒掉。平时遇到这种情况,大家最多能想到的,就是能不能拉回去喂牲畜。可是这一次,叫宋修江听见了。宋修江想,几千吨大米,多可惜呀。那么,发霉的大米,除了喂猪,还能干什么?知识少,就多费些时间想。琢磨了几夜,他终于想通了一个关系:大米发霉,可以做米酒。酒就是粮食发酵做出来的,发酵就是发霉啊,米都自己发酵好了,做酒不就得了嘛。

对于一个偏远乡村的农民,这简直就是一个破天荒的发现。

宋修江二话不说,请来一位会做酒的师傅,置办了做米酒的设备,拿白送的成堆的原料,做出了当时沙湾乃至全新疆第一款米酒。

改变命运的第一辆便车,宋修江一抬腿就这样搭上去了。

宋修江搭的第二辆便车,是文化。

宋修江住的村子叫黄家庄,距黄沙梁村有几里地。大家要知道,这个黄沙梁,可就是刘亮程成名海内的《一个人的村庄》里借用的那个成就了所有故事的村庄的名字。刘亮程借得,我宋修江为什么借不得?何况我就是黄沙梁的人呢!

宋修江脑筋一转,就把米酒的商标,注册成了"黄沙梁",几年后,又把自己摸索出来的苦瓜酒,注册成了"黄沙梁苦瓜酒"。

就这样,刘亮程苦心酝酿聚集了二十几年的气息地脉,被不声不响的宋修江一勺子挖了去,使邻村地里哭丧脸一般闲吊了几世几代的苦瓜,一根根都变得香甜无比。只是宋修江每次见到刘亮程,都不知道怎么张口说这个事,说呢?不说呢?说啥呢?只好每次都是毕恭毕敬端一大杯苦瓜酒敬上。刘亮程知道他的意思,接了饮下,也不多话。宋修江平日并不善饮酒,每到这时,一言不发地斟满杯酒,站着连干三下,先把自己喝翻。

我知道,这也是宋修江的精明。

大 地 珍 馐

一直以来，人们皆以鸡小，又太过平常，虽然有花样繁多的以鸡为主料的菜肴不断出现，但在烹制以后配以食器时，无一不是选小的器皿来盛了上桌子。即便汤、肉量很大也很有名气的"霸王别姬"，用的也只是一个不大的汤盆。这种情形古来如此，延续成俗。然而也许正是这种看似适合情理的食与器的搭配成规，把鸡压抑了千年，似乎也叫更多的美食无法磅礴而出。

尤其当一些成规作为饮食文化而沉淀下来，人们打破它的勇气会变得微乎其微。然而，在一个远离食文化圈的偏远县城的小餐馆里，一位厨师仅仅为图方便操起一只大盘子的时候，人们才发现有些美是另有真谛的。那注定是一个以后要被食客们传为佳话甚至演绎成神奇传说的时刻。他用了一个本用来醒面的托盘,又顺着食客的口气叫出了一个便当的名字,以一种懒人模式便轻易地打开了一个时代吞云吐雾的胃口。这是隐藏在平常事物中的和谐被释放以后产生的能量,和同在那个年代生产力的解放所引发的巨大浪潮相呼相应又异曲同工。我在这里做这样的比较是不显过分的,如果你留意过20世纪90年代从新疆到内地如潮水般开起的大盘餐饮业;如果你亲历过那个时期大众餐厅餐桌上盘子尺寸的突然变化,看到过一位炊具厂工人在博客中写到的因为搪瓷盘子供不应求而半年没有休息过的博文;如果你目睹过那一时之间马路两边的店面"城头变换霸王旗"一般拆换招牌的场面,你不会认为我是在夸大一只鸡对我们身边事物改变的能耐。事实就是这样,我们迎面遇见的正是饮食历史上从未曾有的一种现象。历史上没有哪一种食物在出现以后发生过如此快速而轰动的传播效应,没有的。只有当今最走红的流行歌星可以与大盘鸡相比。所不同的是,大盘鸡这支曾经盛况空前的"流行歌曲",在大江南北二三十年的流传中众口成碑,已成经典,依然乐此不疲地为大街小巷的人们所传扬。只要人类还要吃饭,大盘鸡的芳香自会流传下去。

在古代西域,有过许多美食至今为世人喜爱,比如抓饭、馕、烤全羊等。然而和内地名馔多有关于出处的传说、记载不同,这些古代西域美食没有给后人留下可供寻踪觅源的可靠信息。

维吾尔族人有一句谚语,说:"没有出嫁的姑娘是大家的。"意思是谁都有追求的机会。而这些古代西域美食,俨然一个个盖头紧捂而又名花无主的待嫁新娘,一时间诸侯纷起,你争我抢。尤其前些年对一些优秀的非物质文化遗产发祥地问题大打口水战,新疆一些地区在争,西亚一些国家和地区也在争。这是西部大开发中的另一场"圈地"运动,好像谁先说了,谁先写了,谁搞什么文化节了,就是谁家的了。饮食同样也没有幸免。

可以想象,在旅游业更加发达的未来,这种无形资产就是可以持续产生财富的吸钱器。何处是家，遗产不语，人们各执一耳，争得自嗨自乐。

大盘鸡出现以后，因其特有的品味和在民间广泛的影响，相关协会已经将其列入新疆名菜、西部名菜及全国风味菜系列。不仅如此，大盘鸡所带动的养殖、饲料等产业链的经济因素，以及它后面跟着的旅游价值，都将沙湾放到了一个金玉其质的位置。

我想提醒人们的是，传统的西部饮馔名目不多，有名的更是屈指可数，它们很早就在新疆或其以外的广大区域出现了，以至于早到没有人可以估算出它们出现的年代。然而有一点我们可以明白地说，西域没有再出现被当地居民普遍接受和留下深刻影响的新的饮食已经很久了。这一现象一直持续到20世纪末期大盘鸡出现。

相传古代西域有一种树，九百年一开花，九百年一结果。这是怎么样一种树我不清楚，它的生命周期太久于人的生命，以至于无论它有多么好的花，多么贵重的果，都只能给人留下传说。然而西域美食之树在沉寂无数年代之后，奇迹般在它的胸腹之地、那片叫沙湾的土地上绽出一花。这该是大地之赐，是悠久而生生不息的西域历史在它的心房之上铸造而奖赏给一个新鲜时代的一枚光彩而甜蜜的徽章。

它该佩戴在生养了它的胸膛之上。

美 食 流 变

大盘鸡创始至今，经历了四个阶段的改变。

第一阶段是1987年到1990年，大盘鸡风骨初成，含苞待放。

这一阶段只属于"满朋阁"，它历史性地捕捉到了一道家常炒菜与大众口味之间，及至沙湾本土风物与辽阔西域大风尚之间如白驹过隙般游走的一丝信息，炼出了一道美食，叫出了一个大名。仅就名称来说，大盘鸡没有如同内地菜取下一个有讲究的名字，只是以其形貌直截了当去叫，由此无意中戳中了西部菜称名的那个痒处。这是西部的饮食文化，例如烤全羊、手抓肉、薄皮包子，名字粗俗但带着原色和本味。这也许不仅仅是一次名称的选择，而是一种名称的定数，一个叫对了的名字，唤醒了一场气息的释放。

现在有人说，如果当初这道菜没有被叫成"大盘鸡"，而是叫了别的什么名字，还能传得出去吗？这个问题没有判断的机会，因为我们恐怕会在此生里错过这一道美食。

第二阶段是1991年到1998年，大盘鸡鲜花盛开，欢天喜地的食客们把花粉传播到四域他乡。

这一阶段的代表是"杏花村"，一面对大盘鸡原创菜式进行改进，一面利用各种口径树立大盘鸡的"发源地"地位。这期间，更多的沙湾人带着大盘鸡走了出去，星火燎原一般延烧。当年大盘鸡在全国传播的速度和反响，只有当时最当红的流行歌曲可以相比。这期间在大盘鸡炒制的方法、配菜的选择、调料的使用、食客口味需求等方面，各地的店家都进行了大量的尝试摸索，为大盘鸡菜式的后期定型积累了经验。柴窝堡大盘鸡正是在这一时期成功发展了自己的风格，走出了新路，为后期毅然决然地改名"辣子鸡"探清了底细。

也正是在这一时期，沙湾饮食业声名鹊起，在总体声誉上超越了许多地州市。沙湾餐饮业发展水平的整体提升，应该记住一个人，这个人叫谢顺德。谢顺德原是沙湾县一个农家的孩子，年纪很小的时候就在山区煤矿打工自立。20世纪70年代，谢顺德来到县城，成为当时沙湾最早由私人开饭馆的几家人之一。由小饭馆，干到稍大一点的餐厅，再到开大酒店，沙湾民间餐饮业在中断几十年之后，迅速在饭菜的花样、口味、品质诸多方面全面复兴，谢顺德是无意之中带领了这个脚步。到90年代初，谢顺德曾经经营的"顺德宾馆"，无论在南北菜品的引入改进、服务的标准化，还是在餐饮业现代企业管理模式尝试等方面，都具有里程碑意义。那些年我时常去顺德宾馆就餐，印象很深的一些事情当中，有一点是酒店里听不到客人唤服务员。因为按照酒店的服务标准，客人与就餐有关的所有需求,服务员都在客人提出来以前先行想到并且处理好了的。谢顺德后来转行经营房地产,依然是以前的那个脾气,在建筑材料、施工质量上从来不打折扣,房子也就卖得顺畅。

第三阶段从1998年起到2000年前后,属于大盘鸡稳定市场和菜式定型阶段,大盘鸡之树果实挂满枝头。

这一阶段以沙湾西郊"上海滩"大盘鸡一条街的自发形成、成名为标志,以"鸡蜜""艳香"等多家大盘鸡店为代表,在所用配菜上逐渐统一;在选料、解剖、烹制工艺上都有了相对成熟的模式;肉鸡逐渐淡出,土鸡的烹制经验迅速形成,调料也更精。"机密"配方出现,不仅巩固了大盘鸡创始地的引领地位,而且这种"神秘"化的市场理念已经为沙湾大盘鸡今后的纵深开发打开了前景,营造了氛围。

第四阶段从2000年前后起,沙湾大盘鸡餐饮进入激烈竞争和品牌凸显时期。这个阶段里,"沙味王"等一批品牌化餐厅出现。大盘鸡之果到了收获期,人们才发现,成熟的金光灿烂,萎缩的掉落一地。

"沙味王"的老板叫刘长林,厨师起家。起家的时间和谢顺德差不多,都是改革开放初期在沙湾最早开饭馆的人。谢顺德在沙湾把餐厅开到"顺德宾馆"阶段,专注高端客人,刘长林就抓中端。等到谢顺德改行去做别的营生,刘长林打出了"沙味王"高端大盘鸡的招牌。虽然那个时候,沙湾还有好几家宾馆主推高端菜系,但刘长林并没有看上。他清楚,高端不高端,不在于杯盘的奢华,而在于菜品的思想。对于沙湾这样的小县城,人口就那么多,什么菜好不好,位置好不好,装修好不好,都不是正经路子。活下来,做大的,不是哪个菜、哪个店,而是店主的脑子。

"沙味王"在立住阵脚以后,赶上旅游兴起,周边县市的人们奔着大盘鸡的名声,到沙湾一饱口福渐成时尚。面对这些口味繁杂的客人,刘长林的厨师基因再一次起了作用,硬是做出了"众口可调"的大盘鸡。有人说，大盘鸡到"沙味王"阶段，已经没有个性了。其实，沙湾有个性的大盘鸡满街都是，都有自己的回头客，而刘长林只是最早把大盘鸡带到"旅游美食"这个江湖的人。旅游美食，就是从陌生的需求去找味觉共识，你找到了，你面对的就是旅游市场这个星辰大海。

大盘鸡的起落演变，是沙湾乃至西部社会三十多年发展历程的镜子，也是中国农民如何进城、中国小商业经济如何不停转换角色适应市场异动的一个缩影。这里面，餐饮行业对市场变化的敏感度，是拿每日和每周来计算的。好的店家，能随时随地敏锐察觉大众消费口味上的细微变化，立时做出反应来迎合，从而立于不败。

"满朋阁"从辉煌走向衰落，原因正在变与不变。

在口味上，"满朋阁"二三十年来坚守不变，留下了初创时的"活化石"。然而就生意来讲，这么多年过去，国人的食物审美、口味习惯已经走上截然不同的层次，并且这种变化一直在发生，而你不变，认为大盘鸡就该那个味，可是这种家长式的话语权，在市场生活背景里发不出任何声音。市场不相信自信，世界也不等一个人慢慢想过来。而另一方面，品牌即生意，需要坚持去做，慢慢聚拢人气，不能遇见低谷就改弦更张。"满朋阁"经营以来频繁搬家，多次停顿，每次都是下一个台阶，由誉满沙湾的名店到曾经为人打工度日，令人唏嘘。

当然，从商业以外的任何一个视角看，大盘鸡创始人的这种选择和后果又都是令人尊敬的。毕竟，留住一种文化基因比留下一堆金钱重要得多。

巧的是"杏花村"与"满朋阁"同样都是"再婚家庭"，在发展的过程中同样遇到了利益与亲情的矛盾冲突，但是为了发展，"杏花村"不断寻求各种办法缓和解决家庭诸多成员之间的利益纠葛，"店开好"即硬道理。两种态度，两种结果。"杏花村"顺变坚持的结果，是不仅靠"满朋阁"里速来的一只鸡挣了个钵满盆满，还"黄袍加身"，赢得一个"大盘鸡创始人"的美誉。诚然，在"满朋阁"推出大盘鸡而又东搬西迁不能稳住品牌、四方客人因对发源地老店的心理需求不能满足而一度出现信任危机时，"杏花村"挺身补位，是救了沙湾大盘鸡创始地场子的。"杏花村"无论后来在当地传出如何说法，坚持扛着沙湾大盘鸡的旗子二三十年走下来，已经非常难能可贵。发展确实是比任何闲言碎语都硬气。

我一直回味"杏花村"老店主张坤林先生的那句话，"我们个人只能把鸡炒好，别的就干不了了"。

这个"别的"是什么？"别的"又要谁来干呢？当然，在张坤林老先生的话语里，我听出了他的担忧。大盘鸡在沙湾出现那么多年，兴衰荣辱全靠一些个体户和民间人士担承着。事实上，正是沙湾本土以及不断走出去的那些不知名的小店，让大盘鸡有了今天的大气候。与柴窝堡很早就建了大盘鸡一条街相比，在漫长的大盘鸡成长期，沙湾"上海滩"那些自发聚集在一起的狭小店铺，把大盘鸡炒成至味，也把沙湾之名叫响全国，而不为人知的背后，却是多少人、店的悲欢聚散，多少人的辛酸苦楚。早年民间把沙湾美食声誉播向全国的时候，由于缺乏引导和服务，品牌、名声这类不可复得的资源，白白叫别处抢去了很多。我们十几年前看见的大盘鸡"墙里开花墙外香"，现在已经变成"墙里人怨墙外笑"了。

但我想，张坤林老先生想说的依然代表了沙湾民间默愿已久的那个希望。他的那个"别的"，依然是期望把大盘鸡做得更好，做文化做产业。这里面，有些是要资本推动的，有些是要政府推动的，有些需要留给时间和后辈。

剩下来的事情，就是沙湾人甚至新疆人匹夫有责的了：把鸡做好。

大盘鸡在初兴之时已经错失了一些历史性机遇。近几年，鸡肉食品在经历了一个低迷期以后，重新又受到了人们的欢迎，大盘鸡也似乎正在迎接一个线上时刻的到来。有人称之为"大盘鸡中兴",或许真的就是又一次机遇。让来到新疆、来到沙湾的客人,品味一盘地道的大盘鸡美食,也体验到那种令人心里痒痒的文化,同时,能够让千里之外宅在家里的人们,一样享此福分,大盘鸡需要张开它文化的翅膀。

大盘鸡在打下一片天地的同时,也带起一个"大盘系列"菜品的名号。然而事实上,这个"大盘系列"多少年来一直还是大盘鸡在演独角戏,其他如大盘鱼、大盘羊排、大盘鹅、大盘肚之类,味道始终没有达到如大盘鸡一般使人趋之若鹜的地步。我们还有谁能如前人精研大盘鸡一般,把跟随其后的大盘菜肴做成至味,与大盘鸡并驾齐驱,真正成为新疆系列美食呢?任何一种原料在走向美食的时候,都曾经被无数次的上下求索;每一种食物,又都肯定有一种或者几种精绝的制法存在,只是我们还没有找见它。在沙湾大盘肚卖香的那几年,我每次去伊犁,都会在芦草沟停下,吃过炒肚片再走。他们的肚片配皮芽子爆炒,外焦里嫩,就比沙湾的好吃。

与古人比,我们已经享受到了比他们多得多的美味,而未来的人们,也注定要比我们有更多的口福。至美的味道本来就存在于每一样食物里,只是还没有与最适当的烹调相遇,也还没有遇见接地气的文化来打开人们食欲之外的那个胃口。这个互联网时代,人们做生意已经不仅仅关注利益,而是越来越看重其间传达的文化信息。文化已经与经济融为一体。就拿宴席来说,现在国人摆出来的谱是极可爱的,眼馋的食物上桌子了,嘴却绕一个弯,问的说的是食文化。文化只给人满足,但不给人饱的感觉,不会增肥,所以吃文化比吃山珍海味要上瘾。没有文化的食物已经引不起人的食欲。文化俨然已经成为比油盐酱醋葱姜蒜辣更离不了的调味品。一碟青菜豆腐,撒一点点文化味精上去,就能吃出一地风物来。

有些菜看起来没有什么奇绝之处,之所以不同寻常地在漫长历史里流传下来,其间所含有的故事,故事背后的人,人的那些情感、能量,感觉热气腾腾附庸其上。我们拿起筷子晃悠悠夹起一块叫花鸡,晃动着的分明还有那位无名乞丐的衣衫身影,而这种时候,我们早已看不见他在乞讨,而是赫然在那清风幽庭里为千秋百代的人们施舍他的美食和悯爱。我们夹起一片东坡肉,又赫然看见长袂飘飘的苏东坡一边吟着"大江东去",一边端了一碗烧得稀烂的蹄髈来找你对饮。

我想问,以后的人们夹起一块大盘鸡时,会"赫然"出现一个什么场景呢?

跋

大盘鸡之路

——一盘菜带你从思想的路途，穿越现实的风景

大盘鸡可能是唯一由货车司机们吃出来并且带到各地的一种新疆美食。

原国道312线起于上海，终于新疆霍尔果斯，全程约五千千米。这条著名的东西大通道经过上海、江苏、安徽、河南、湖北、陕西、甘肃、宁夏和新疆九个省、市、自治区。这是最早的大盘鸡传播之路，它的起点在新疆沙湾。

20世纪90年代，大盘鸡通过312国道分枝生权，在全国所有国道、省道两边攻城略地，又沿所有毛细的县乡道路，变成众多中国人喜爱的一道菜品。当然这不是终点。其间大盘鸡向西沿天山进入中亚而后再进一步西传，甚至穿越欧洲，进入南北美洲的中餐厅。

在采集信息准备制作一张大盘鸡流布地图的时候，我

们发现,大盘鸡这个当代时尚的菜肴,在一二十年间已经走过了古老又遥远的丝绸之路,在那个诸多文明曾经交相辉映的版图上,留下了太多鲜香的气息。

大盘鸡与道路结缘,开始于它创始之初。

二三十年前的沙湾县城,312国道穿城而过,构成了县城的全部街道。一个县最重要的商业、生意、能人们,沿路安顿下来,门、窗、眼睛都对着路,盯着路。那个时候还没有"要致富,先修路"的说法,民间流行的说法是"要想富,就撵路"。公路是那个时代国家经济大动脉,也连着每一个人的经济和生活小动脉。早前沙湾县城由老沙湾(更老的时候叫沙湾庄)迁至三道河子,就是为了撵这条路。

县城的西边郊区,几乎随意搭建的房屋简陋不堪,土木的平顶矮房,外带一个大凉棚。这个凉棚很重要,当时就是公路边食堂旅社的标志。还有一个特点,就是房屋距离公路保持些距离,方便大货车下路停放。这样的食堂、旅社、商店在公路两边参差不齐且密密麻麻,构成新疆每一个县城城乡接合部的基本概念,热闹远胜县城。沙湾当时的西郊,也因此有了"上海滩"的绰号,一直叫到今天。

"上海滩"不仅仅是因为面前道路的另一头连着上海,货车、小汽车司机们不断带来的金钱、信息、消费方式等,在那个刚刚开始开放的边疆僻壤,引起的阵阵骚动和穷则思变的尝试,成为后来沙湾许多社会、经济、文化事件的温床。

1989年,货车司机们发现沙湾西郊路边一个叫"满朋阁"的饭馆出现一样新菜,用一只大的盘子向客人供应整只炒鸡,味道劲爆,可以拌皮带面吃,比一路所有饭馆提供的炒面、拌面、丸子汤过瘾。当时的司机们算是中国最牛的一类人,工资高,花得仗义,大盘鸡盘大肉多,爽快淋漓,一下子给了一个时代膨胀欲望的宣泄口径。跟随其后,包工头、地老板、二道贩子……这些土豪们不断涌现，为大盘鸡现象推波助澜。大盘鸡一时间成为穷人显摆大方、暴发户显摆情调的一个围猎物。到了后来，社会浮躁不那么喧嚣尘上的时候，大盘鸡并没有随之跌落，得益于大盘鸡文化的及时跟进，大盘鸡符号意味逐渐清晰，使它成为西部粗犷大气饮食风格的一个载体。大盘鸡逐渐带上新疆菜式代表的身份，走到了更远的世界——2008年北京奥运会的菜单上，代表新疆菜第一次登上国际大舞台的是大盘鸡和孜然寸骨，现在全国所有的县市，都可以找得见大盘鸡的身影。更为可贵的是，以差异性闻名的中国八大菜系，现在全部接纳了大盘鸡，算是唯一一例。

沙湾文化具有多元的表现和多元之间融合生发的内在特质。大盘鸡的性格无疑更多地继承了这个文化沉淀。这个金帮玉底之地深蕴的"和合智慧"，必定植入它创造物的初始密码。大盘鸡出现以后迅速成为不同饮食习惯、不同文化背景人群共同喜欢的美食，是有它的道理的。

大盘鸡创始以后，创造了一个饮食传播的历史奇迹。这个好吃的东西自己长着腿，自打创始就应声叫响，店面一路开下去，路有多远它走多远，短短几年红透北国，传播江南。历史上没有哪一样食物在出现以后发生过如此快速而轰动的传播效应。现在你百度大盘鸡，会出现六七百万个网页，粉丝经久不衰且遍布全国。

以312国道为界，大盘鸡向北传播的时候，越向北走越像一个男子汉，盘子在增大，肉块、面片、配菜也愈发厚实粗犷，人们吃起来的劲头也愈加豪爽。济南、沈阳、呼和浩特的大盘鸡，是民众和过路客的下酒菜。北方人简单实惠，与其七个碟子八个碗，不如一个大盘子痛快利索。向南发展的大盘鸡则是另一番景象，肉与菜料都精细了不说，面片成了皮带面，配菜由土豆之类变成了芋头甚至藕片。到了广州、杭州、南京，大盘鸡大麻大辣基本烟消云散，甜味的大盘鸡常常当做小资们午间的快餐和深夜食堂的宵夜,因细嚼慢咽而津津有味。

即便在新疆,南疆、北疆、东疆的大盘鸡也各有千秋。哈密的大盘鸡比较中性,辣味平缓,突出鸡肉和配菜的本味,各省籍的人都能够接受,这是作为新疆的东大门该有的姿态。南疆的大盘鸡更多适应了维吾尔族人的口味,辣味较轻,大火爆炒,颜色浓重,还会有孜然的味道。北疆大盘鸡是最接近初创时期麻辣刺激口味的,配菜以土豆为主,同时大葱、辣椒、生姜也大块大段,不仅是调味品,还是重要食材,辛辣里面透着香辣。当然这个特征在沙湾、乌苏、奎屯一带保留较多,而在伊犁、塔城、乌鲁木齐,由于采用的辣椒往往不再是沙湾安集海生产的辣香浓郁的那种被新疆人叫做"螺丝辣子"的品种,青辣椒通常属于不知何味的蔬菜或者撑盘子的菜类。大盘鸡是要在不同地方产生变化,但一定不是随意去变化。在这个变化过程中,不可避免地有一些店家只是照着样子去炮制,而不是对当地食材做潜心选择。这样的后果是一些大盘鸡的味道,也就变成了适应所有人的生意味道,或者说,名字还是大盘鸡,其实只是一大盘菜,许多人慕名而来,结果是,误食了名不副实的东西,吃一次便不屑一顾。一个菜能够如此叫响,必然有其独到的地方。本来的味道,肯定留在原创地,在走出去时,也肯定有必须带着的东西。

在甘肃、陕西,有的店家上大盘鸡的时候,会配两个或者四个小碟,这是配送的凉拌菜,也有配送咸菜或是糖蒜的,分量不多,却是店家留客的一番心意,也多少弥补了一些大盘鸡味道上的欠缺。其实他们自己不一定知道,他们这样配菜,是把握了大盘鸡美食精义的。和大盘鸡一起上桌的只能是调味小菜或者家常菜肴。一个餐桌上,大盘鸡必定是在一盘独大的时候它才是有滋有味的,这是路边美食的秉性。一直有许多商家看到大盘鸡的卖点就想着把它做成酒店的热销菜品,或者都市的热点生意,往往都失败了。大盘鸡再大都是小吃,一个大盘子的特色风味小吃而已。这个特色适合马路边上远行者的快意,适合郊区农家本色本香的情调,却不适合厅堂楼阁,不适合放在精烹细作的南北佳肴当中被评头论足。大盘鸡就是马路菜,马路美食。离开马路,它就是陈焕生进城,自找不自在。现在新疆所有大酒店的菜单上,大盘鸡是重点推荐的特色菜品,但是客人满足好奇的意义更多,客人夹两筷子品尝个新鲜,注意力就被不断上来的其他美食淹没了。事实上,酒店为了迎合各路客人的口味,烹制大盘鸡的时候,已经尽力靠向自己菜系的风味,割舍了许多原有的东西。

大盘鸡走向天南海北的时候,虽然有过各种变种分支,但是,二三十年来粗犷的习气在任何地方都没有改变,不是一件好事情。至少在适应城市、跻身酒店主流方面,没有看到卓有成效的开拓。大盘鸡在北方的匪气,在南方的浪气,在赢得眼球打下乡野天地的时候,始终没有能够进入到城市这个吃货的核心区,留下了市场的一个空白。

与大盘鸡的路子相反,这个过程当中,还有一只"鸡",完全无视乡野,只通过城市这个文明的通道推销它所承载的价值观,做得风生水起。风生水起正是它的目标,因为它的核心目的不是生意,而是注意力。这个"鸡"叫肯德基。西方通过一种香艳的美食悄悄改变着世界。

为什么选择鸡?鸡没有宗教和族群背景。大盘鸡在沙湾出现立即传播世界,也是这个道理。沙湾创始大盘鸡,已经占领了饮食文化传播的一个高地,但肯定不能仅此而已。

如果说肯德基体现了特立独行的个体精神和我行我素的自由意识,大盘鸡则体现了东方源远流长的"和文化"。

大盘鸡体现了文化的包纳与融合。大盘鸡属于汉餐与西域饮食最终混血的饮食物种,这个成功结合具有典范意义。大盘鸡食物与食器之间、主菜与配菜之间、配菜与调料之间利害互补、谁也离不开谁的精髓,突破了原新疆菜式单一独立的制法,也改变了中餐只求精不求兼的趋势,是中国传统烹饪追求菜料聚合、五味调和、人性和合的文化精神的回归。

　　在21世纪初期，沙湾金沟河乡的回族厨师们带着好好懒懒的大盘鸡手艺纷纷外出的时候，当地一些汉族人家也随之而动，其中有一个年轻人，丢下土地，带着老婆孩子，来到新疆西北边境的和布克赛尔蒙古自治县，开了一家很小的饭馆。最初几年，大盘鸡卖得并不好，就主要卖拌面、汤饭，后来，就只卖大盘鸡。这个变化，是他自己创造的。他改进的大盘鸡，鸡肉尊重了蒙古族人吃肉软烂的习惯，辣椒的品种和用量也一样针对蒙古族人、哈萨克族人的口感做了对标改变。他的改变无疑是成功的，加上土豆充分入汤汁，把当地人吃肉必带面片的习俗，提升到崭新的口感领域。后来许多人看他生意好得必须排队等待，就在附近也开了大盘鸡店，甚至有人专门高薪挖来沙湾的大盘鸡厨师，但都是热闹几天，就一个一个门可罗雀。大盘鸡对当地传统饮食口味的尊重，他们没有体会。需要文化融通的部分，任何技法都难以融汇。他不会说话，自认自己没有文化，但他完成的是一次高难的文化牵手。

　　2005年夏天，我在沙湾接受了中亚五国记者的一个丝绸之路采风团的集体采访，应他们的要求，给他们讲解大盘鸡在沙湾创始的故事。我问他们，你们在你们那里吃过大盘鸡吗？他们说，我们那里有很多大盘鸡，所以才来沙湾想从源头上了解大盘鸡呀。我问，你们那里大盘鸡叫什么？他们说，叫"大盘鸡"。我问，你们当地的语音，怎么称呼大盘鸡？他们依然说是"大盘鸡"。几国记者发出的口音几乎一样。见我疑惑，他们解释说，当地对这个菜的名称，就是汉语转音的专门词汇，就像肯德基在他们那里，也叫肯德基是一样的。我说，那里的大盘鸡辣吗？他们说，辣，但是还有咖喱的大盘鸡，有甜味的大盘鸡。

　　我很早以前有过一个想法，把大盘鸡调配成为世界各地的人们都能够接受的一种口味。后来我的想法是，应该把大盘鸡调配成为世界各地的人们能够接受的各种口味。饮食走出去还要保留原口味是一个误区，保留文化魂魄而呈现万千口味，才是中餐走向世界的开门密钥。

中国不缺少大盘鸡，不缺少卤鸡、烧鸡，甚至不缺少肯德基，但是缺少一位肯德基先生。

大盘鸡是唯一一个中国大餐式的快餐。肯德基是西餐快餐化的代表，而我们举世闻名的中式大餐有没有快餐？快餐概念又如何承载中餐？大盘鸡似乎正在提供这样一个尝试。大盘鸡菜、肉兼备，炒、炖、烩一气呵成，二十分钟左右可以上桌，色香味形、新鲜、热吃这些中餐的特征无一缺少，又集南北口味，民汉皆宜，几乎算凝聚了"满汉全席"的快餐式菜品。大盘鸡能够走多远，最终要看它在快餐化的路上如何迈步向前。

得吃者得天下。这句话不仅仅是说旅游。

2003年8月1稿

2023年9月修订

后　记

三个问题

《大盘鸡正传》初版二十年间,许多次遇到有人问我:
"大盘鸡到底有什么文化?"

食物自己不产生文化。美食的文化,依附于爱好它的
人群,确切地说,来自食客的品味、评说、情感,来自人们对
美食产生之地俗尚、风物的关联。爱好者越多的美食,被
表达、被传言的越玄乎也越精到。大盘鸡显得有文化,正
是因为喜爱大盘鸡的人群太庞大了。

美食凝结一地人文。大山、大漠、大草原的新疆,赋予
大盘鸡粗犷大气;天山之湾、玛河之湾、沙漠之湾的沙湾,

赐予大盘鸡包容和气。大盘鸡创于一味而传于百味,店家各有诀窍也各有客群。这就是大盘鸡的地气和底气。食性接地脉,酒风承古今,吃大盘鸡的人,潜意识里自会感受风味当中的悠长文化、风土人情、沧桑故事。

这些年被问到的另一个问题,是"大盘鸡为什么就出名了?"

大盘鸡是怎么做大的,美食是怎么变美的?表面上是一厨一炒勺,细思量是一个年代的秘密。我也和食友做过一个假设:假如大盘鸡不是创始在1980年代,而是在2010年代后,会是什么样子?代入各种要素后,推导的结果是"什么都不是",甚至不会产生大盘鸡这个名字。

现在回看大盘鸡的创始,有三个场景触合:改革初始的时代、活跃的连霍公路、文气涌动的沙湾。大盘鸡出现的时候,恰好也是沙湾文人的摇篮时期,后来耀眼的"沙湾作家群",那个时候也正在各自上路。那个激情恣意的年代,留下了太多美好。大盘鸡作为特定的时代激情符号,如同一种乡愁,已经是一件化身食物的年代珍存,人们不断去问候一只大盘子里的美好,只是在打开记忆里未曾凋零的那颗时光胶囊。

这个问题的答案,牵扯出第三个问题:"沙湾大盘鸡有什么秘方吗?"

回答这个问题,一样需要回到那个年代:大盘鸡大名四起的时候,沙湾人怎么对待大盘鸡?

大盘鸡初创以后,大家蜂拥开店,五味杂陈,但沙湾大盘鸡名声不败,"秘方"显然已经超越烹饪本身。回想那个时候,即便厨艺良莠不齐,但马路边上的大盘鸡店家,有一样东西,是家家具备的。那是一种公开。回来我感觉,秘密就在这个家家公开的东西里。那时候,出来开店的,多是在农村丢弃了土地、背负一家人生路的夫妻。他们视食客如衣食父母,带到餐馆的依然是家庭文化,是光明灿烂。现在要说这是一种秘密,那我可以公开地说:那个时候,后堂的秘密是"厚道",真材实料加上真心实意;前堂的秘密是"人情味",客人只是感觉回家了。

而沙湾的食客，是什么样子呢？那时候的我和大家一样，大盘鸡这个名字让整个生活多了一喜，人们每天的话题，是大盘鸡，到了饭点只有一门心思，奔向各自挂念的餐馆。

　　大盘鸡文化，就在这个气氛里。

　　一样食物摆在那里，胃要的是营养，嘴要的是味道，心理的需求是文化。食物进入血肉，食文化化到骨子里。人对一种食物会产生食之乐，食之美，食之旅，终究是食文化在冒香气。

　　大盘鸡再大都是小吃，且是平民小吃。这一特性给了它生命力：老百姓请客喜欢，因为它像大餐；赶路的行人喜欢，因为它像快餐；旅游的人喜欢，因为它像野餐；外国人喜欢，因为一盘子里满满的都是中国文化；尤其年轻人喜欢，因为筷子一伸，就是大快朵颐，就是酣畅淋漓，就是传奇故事。

　　这就是大盘鸡的样子：包容了所有，依然只像自己——平常，但不平凡；简洁，但不简单。

　　是为记。

2023 年 11 月 22 日